メディアワークス文庫

MILGRAM 2

正当な善なる殺人

波摘

原案：DECO*27／山中拓也

プロローグ

青空がどこまでも、どこまでも広がっていた。

背の高いビル群が立ち並ぶ街並みの中から見上げても、その空だけは全く窮屈さを感じさせず、深い青色で穏やかに世界を包み込む。

天気予報では、明日も同じ空が見られるという。

ボクはゆっくりと視線を落とす。繁華街は日々の喧騒《けんそう》であふれていた。

往来する人々はそれぞれの目的のためにどこかへと向かっていく。

複数人で笑い合っている学生たち。疲れた表情をしたスーツ姿の中年男性。髪色の明るい若い女性がスマホで通話をしながら、ボクの目の前を通りすぎていく。

この街には多くの人がいる。多すぎるほどの人がいる。

きっと、ボクたちが置かれている境遇なんて生ぬるいと感じるような、想像もできない過酷な現実を生きている人もいるだろう。

それでも。

他の人に比べたらまだマシだなんて、ボクは思うことができない。

この世界のどこかで、知らない誰かがもっと辛《つら》い思いをしていたとしても、彼女が今感じている痛みは——確かに本物だから。

学校では見せない笑顔を浮かべて、ボクの少し前を歩いていく彼女の背中を視界に入れると胸がかすかに痛む。他人の痛みに共感するなんて、少し前までなら考えられなかったのに。

また明日。平日が始まれば、彼女は吐き気がするような、悪意の連鎖の中に戻っていく。

ボクにはそれを止められない。

学校の屋上を彼女の心の支えにすることしかできない。

ふっと自嘲気味な笑みが自然と漏れた。

ボクは人間の命の尊さを理解できない人間だ。

その辺に転がった無機物も、繁華街を埋め尽くす人間たちも、その価値は本質的に同じだと思っている。

冷たい人間だ。……そのはず、だった。

自覚している。彼女と出会い、多くの時間を共にしたことで、ボクの価値観は少しずつ変わっていった。

戸惑いがないわけじゃない。でも、それでいい。

今のボクは彼女のことを大事に思っている。その想《おも》いに気づかないフリをしても仕方がない。ボクはすでに深入りしすぎた。

なら最後まで突き通すしかない。

――彼女がどんな結末を迎えようとも、ボクは最後まで彼女のことを守ろう。

大きな商業ビルが目に入った。そのビルの壁面には巨大なディスプレイが埋め込まれており、ニュースの映像が流れていた。

画面に映ったキャスターが原稿を読み上げる。

「現在、インターネット上にアップロードされた動画群が物議を醸しています。その発信元アカウントは『正義同盟』と呼称されており――」

「氷森《ひもり》くん」

不意に名字を呼ばれて視線を戻すと、彼女が立ち止まってこちらを振り返っていた。

ボクがニュースに気を取られていたことが不満だったようで、彼女は頬を膨らませている。

「何見てたの？」

「あそこの、街頭ニュース」

ボクが指さすと、彼女は一瞥《いちべつ》してほんの少し表情を暗くする。

「ああ、あの事件……」

「知っているのか？」

「ネット記事で見ただけだよ。あんまり気持ちいいものじゃない。それよりも、今日は雑貨店巡りをするんだから楽しくいこうよ」

彼女はニュースの話題を強引に打ち切って、再び笑顔を浮かべた。そうして一足先に歩き始める。

そうだ。この世界のどこでどんな事件が起きたとしても、悲惨な出来事が誰かを苦しめても、ボクは目の前の彼女のことだけ考えていればいい。

少なくとも、一緒に高校を卒業して、彼女が悪意の呪縛から解放されるその日までは。

「『正義同盟』、か」

正義のヒーローみたいな名前。

だけど、この世界に救いの手を差し伸べてくれるヒーローなんていない。純粋な正義なんてものも存在せず、どんな行動の裏にも歪《ゆが》んだ欲望と打算が隠されている。

——もし本当に正義の味方がいるのなら、彼女はとっくに助けられている。

その後、ボクがそのニュースを思い出すことはなかった。

翌日に起こった悪夢が全てを吹き飛ばしたからだ。血塗《ちまみ》れの彼女の姿が脳を満たしたからだ。

『正義同盟』が本格的に世間の話題の中心になっていっても、放心状態のボクは全く興味を持たなかった。

だけど、それで良かったのだ。

もしあの時、『正義同盟』の思想に触れていたら、のめり込んでいた可能性がある。

彼女を死に追いやったクラスメイトたちにその歪んだ思想を突きつけていた可能性がある。

結局、ボクは『正義同盟』の思想に取り込まれることはなかった。


——そして今、ここにいる。


囚人を裁き、粛清を与える監獄。

その中にあるメインルーム「パノプティコン」。

何度も見てきた。

粛清が執行され、囚人たちが鮮血に浸る姿を。

命と存在が消える瞬間を。

だが、目の前で繰り広げられている光景はその性質が根本から違った。

塔のように縦に長いパノプティコン、その上層から高速で落下してくる人影が一つ。

周囲は無音だった。その信じられない光景を目にしている囚人たちも、落下する人影も、そしてボクも声を出さなかった。

いや、出せなかった。

だって。こんなことが起こるなんて、いったい誰が予想できる？

ここは監獄ミルグラム。

ここで起こる全ての事象はミルグラムの思惑から逸脱せず、粛清の名のもとに囚人たちを殺すのはいつだってミルグラムだった。

落下してきた人影が、パノプティコンの中央に置かれた白い円卓に物凄《ものすご》い速度で衝突した。その強烈な衝撃で円卓の天板は砕け散り、瞬間的に潰れきった死体から大量の血液《ち》が周囲に撒《ま》き散らされる。

白い円卓は罪の本の内容を囚人に強制的に語らせる。あの円卓はある種、ミルグラムの権威の象徴だった。

だがその象徴は無惨に破壊され、その純白は予期しない血で赤く染められた。

これは紛れもない、ミルグラムへの反逆だ。

ボクの眼前に落下してきた人物、それはミルグラムの囚人だった。

そしてその人物を白い円卓めがけて、高所から突き落とした人物もまた。

――ミルグラムの、囚人だ。

ボクはパノプティコンの上層を見上げる。

以前のパノプティコンと違って、ここには外周をぐるりと回る形で大きな螺旋《らせん》階段が設けられていた。

その螺旋階段の終点、地上から三十メートルほどの高さにある屋内バルコニーから、眼下を覗《のぞ》き込《こ》んでいる囚人を見つける。

遠くてよくわからないが、その囚人はボクを見て小さく微笑《ほほえ》んだ気がする。

死体から流れ出た血液がボクの靴のつま先まで迫ってきた。

めまいがした。この感情は怒りだろうか。悲しみだろうか。いずれにせよ、少し前まで錆《さ》びついていたボクの感情をここまで動かすなんて、やってくれる。

囚人による、囚人の殺害。

これは宣戦布告だ。ミルグラムへの反抗だ。

なら、ボクもこの監獄の看守として戦おう。

ミルグラムがどうしようもない悪趣味な空間だということはボクが誰よりも知っている。

だけどこの場所があったおかげで救われた囚人だっているのだ。その救いが審判の過程で生じた、あくまで副産物だったとしても。

自分の罪と向き合い直し、救われる。その機会を奪う反逆者のことをボクは決して赦《ゆる》さない。

ボクはこの監獄に来た日まで記憶をさかのぼっていく。

この結果を事前に回避することはできなかったのか。

そんな、どうしようもない悔恨と共に。

1

他に人の気配がない部屋の中で、ボクは静かに目をつむっていた。

腰かけている椅子はひじ掛け付きの立派なものだ。背もたれに全体重を預けて、ボクは自分の過去を思い出していく。多少、ぼんやりとするところはあるものの、前回より遥《はる》かに鮮明だ。

ボクはそっと目を開いた。

部屋の内装は金持ちの家にある応接室のようなイメージで、広さは十畳ほどだ。

目の前に置かれているのは高級そうな木製漆塗りの執務机。

床には落ち着いていて、かつ上品なブラウン系の絨毯《じゅうたん》が敷かれている。部屋の隅には柔らかそうなベッドがあった。

暖色の照明がそんな室内を照らす。

しかしボクはずっと肌寒さを感じていた。

見える部分だけ取り繕っても、この場所に染みついた業は拭えない。もっとも、この施設の管理者は己の行いを業などと思っていないのかもしれないが。

小さな影が、ぴょんと執務机に飛び乗ってくる。

「囚人たちの準備が整いました。初顔合わせの時間っすよ。看守エス」

ボクのことをエスと呼んだのはその小さな影——黒い看守帽を被《かぶ》ったウサギだった。

いや、ウサギに似た存在と言うべきか。

両耳は愛らしく垂れ下がっており、ロップイヤーという品種に似ているが、目の前の彼はウサギではない。

その証拠に牡鹿《おじか》のような、大きな角が頭部から二本突き出している。それにウサギは人間の言葉を話さない。

「遅かったな、ジャッカロープ」

ボクは彼の名前を呼ぶ。正しくは種族名だと思うが、この施設では彼のことを指す。

ジャッカロープは想像上の生物であり、実際には存在しない。

ならば、なぜ目の前にそんな空想上の生物がいて、人間の言葉を話すのか。

その理由は知らない。そもそも正当な理由があるのかもわからない。

ただ一つだけわかるのは、ここがまともな空間じゃないということだ。

こんな超常現象じみた出来事を前にして、全く狼狽《うろた》えないでいられるのは、以前にも似たような体験をしたからだった。

「ジャッカでいいっすよ、エス。はぁ……ミルグラムの開始時はやることが多くて、ほんと面倒です。唯一の救いは、エスがここに来てすぐ『自分が看守である』という事実ものだった。人間だったら二十代半ばくらいだろう。人々から愛されそうな見た目とは裏腹に、ジャッカの声色は気だるそうな若い男性のものだった。人間だったら二十代半ばくらいだろう。

「目を開けた瞬間に看守になれと言われたのはさすがに少し驚いた。だがミルグラムがボクを看守に選んだのなら、与えられた役目をこなすだけだ」

「マジで物分かりがいいっすね。普通、ここに来た人間は『看守ってなに?』とか『エスってなんだ?』とか『ここはどこ?』とか『家に帰る方法は?』とか、うだうだうだ、どうでもいいことを質問してくるんですが」

「そういう手間をかけたくないから、ボクを呼んだんだろ? 違うのか?」

ボクは立ち上がって、部屋の外に繋《つな》がるドアへと歩いていく。

一歩進むたび、背中のマントが揺れた。

正直、この服を自分が着ることになるとは思っていなかった。黒を基調とし、ところどころに金の刺繍《ししゅう》が入ったシャツとスラックス、マント。

仕上げにボクはドア近くの帽子掛けにかかっていた、鍔《つば》のついた帽子を深く被った。

これで正装だ。黒と金で全身を固めた制服は見る者に権威的な威圧を与える。これは看守服。

この地獄のような空間の中で、全ての選択と責任を負わされる者の象徴だ。

前回のミルグラムでボクは赦された。全身が光へと変わって、ミルグラムから解放されたはずだった。

しかし次に目を開くと、ボクはこの部屋のベッドで仰向けに寝ていた。枕元にはジャッカがいて、ボクは新しいミルグラムの看守に選ばれたことを知った。

赦された人間は全員が看守をやるルールがあるのか、それともボクが特別なのかは知らない。聞いたところで、ジャッカが素直に答えるとも思えない。

ただ、看守の役目を終えるまで解放されることはない。それだけは聞かずとも理解していた。

ミルグラムの支配下にある以上、看守にも囚人にも自由などない。その原則はすでに嫌というほど思い知っていた。

オートロックのドアが音もなくスライドして開く。その先には薄暗い鉄の廊下が長く延びていた。今までいた『看守室』とは全く雰囲気が異なっており、それでいてどこか懐かしさを感じる。

置いていかれて焦った様子のジャッカがボクを追い抜いて、廊下の先へと躍り出た。

「ちょっと速すぎっすよ、エス。まだ何も説明してないんですから」

「聞く必要があるのか？」

「あんたが前にいたところとは若干ルールが違う部分もあるんで。聞き流して構わないっすけど、説明だけさせてください。こっちだって一応仕事ですから」

ジャッカはゆっくりと歩き出しながら、言葉を続ける。

「まず、ここは監獄ミルグラム。今からあんたには看守エスとして、この監獄に囚《とら》われている囚人たちの罪と向かい合ってもらいます。ここにいる囚人はみんな『ヒトゴロシ』。ですが、有罪と決まったわけじゃない。囚人の罪を『赦す』か、『赦さない』か。それを決めるのは看守。ここでは看守の選択が法よりも優先されます」

「知ってることばかりだ」

「で、ここからがあんたの知ってるミルグラムとは違う点っす。もう気づいていると思いますが、今回は看守、それに囚人も記憶を保持してます。そして囚人たちは自らの罪の本に何が書かれているのかも目覚めた時から理解している。そこが一番大きく違います」

囚人たちが過去の記憶を持っている。

それは確かに大きな違いだった。自らが犯した罪を知った上で囚人たちはどんな態度を取るのだろうか。

自責の念に駆られて後悔するのか、それとも何も思わないのか。

「囚人たちが平気な顔をしているのなら、かなりの悪人揃《ぞろ》いということになるな」

「そう簡単な話じゃないっすけどね。わかってるはずですよ、エス。ここに連れてこられる囚人はどいつもこいつも一筋縄ではいかない」

「……わかっているさ。痛いほど」

自分の足音だけが廊下に響く。ジャッカは身体《からだ》が軽いからか、ほとんど足音がしなかった。

「――それで、今回の囚人たちも恣意的に選ばれているのか？」

ボクはずっと気になっていた疑問を直球で投げかけた。

前回のミルグラムは、囚人全員がかなり強い繋がりを持っていた。今回も同様なら先に知っておきたい。

ジャッカはいったん立ち止まって振り返ると、苦々しそうに目を細めて返事をする。

「……最初に言っておきますが、自分はミルグラムに『美学』も『ドラマ』も必要ないと思ってます。ここはただの仕事場に過ぎない。今回の囚人たちは『あるテーマ』に基づいて選出されています。知り合い同士もいますが、全てが一本のドラマになってるわけじゃないっすよ」

「あるテーマ？」

「それについてはそのうちわかります」

再び歩き出したジャッカの後を追うと、廊下の終わりが見えてくる。

その先には大きな扉が一つ。

「さて、あの扉の向こうがパノプティコンです。囚人たちもすでに集めてあります。怖《お》気《じ》づいたりしてないっすか――って、あんたには聞くまでもないですね」

「『看守エス』になれというのなら、ボクはその通りにするだけだ。幸い『看守エス』としての振る舞い方は知っている」

ジャッカは興味なさそうに鼻から深く息を吐く。

「あまり湖上澄《こがみすみ》の亡霊に囚われない方がいいっすよ――氷森統知《とうち》」

ボクは冷たい視線をジャッカに返す。

「黙れ」

その一言でボクたちの会話は終了し、パノプティコンへの扉が開く。

粛清によって絶望と血液が舞うその場所にボクは足を踏み入れる。

かつて囚人だったボクは看守へと役を変えて、新たなミルグラムが始まる。

ミルグラムがボクに看守になれというなら引き受けよう。

……どうせ、ボクにはもう。

帰りたい場所なんてないのだから。

2

そのパノプティコンは、ボクが見慣れた場所とは大きくかけ離れていた。

大きな円形の空間になっていて、その中心には白い円卓。そして外周には鉄格子で区切られた牢屋《ろうや》が五つ。建物の構造は円筒形になっていて、天井が見えないほどに高い。

そこまでは以前と違う点はない。

しかし、印象を大きく塗り替える新たな特徴があった。

牢屋よりも上部の壁面が全て巨大な書架になっていて、どれも遥か上層まで伸びていたのだ。

そして壁面の書架に沿う形で螺旋階段が設置されている。階段から手の届く範囲の本は閲覧することができそうだ。

ボクを囲む超巨大な書架群。そこに収蔵されている本には見覚えがある。

あの厚い背表紙。そして黒い装丁。

「『罪の本』……」

ボクが書架を見上げてつぶやくと、ジャッカが補足する。

「この監獄はパノプティコンと『罪の書架』が一体になってるんすよ」

ここはどうやらボクが以前いた監獄とは全く別の建物のようだ。

……だとすれば、監獄ミルグラムは複数存在することになる。

ミルグラムという施設が何なのか、誰が造ったのか、ボクは何も知らない。

結局、今のボクにできることは看守エスという役割を演じ、収監された囚人たちに裁定を下すことだけだ。それ以外の事情を知ったところで干渉できるとは思わないし、干渉したいとも思わなかった。

「――ねえ、看守さん。私たちのことは無視？」

パノプティコンの巨大書架群を見上げていたボクに声がかけられた。

部屋の中央に置かれた白い円卓に視線を戻す。

五つの椅子には囚人たちが腰かけていた。眼鏡をかけた青年、寄り添うように椅子を近づけて座る少女二人、清潔感のある少年と、ボクに声をかけてきた落ち着いた様子の少女。ほとんどがボクと同年代、もしくは少し年上だろう。

彼らは鋭い視線をこちらに向けていた。探るような、見定めるようなそんな目の色をしている。

当然の反応だ。ただでさえ胡散臭《うさんくさ》い監獄、その中で看守を名乗る人間が現れたら警戒する方が自然だ。

声をかけてきた少女はちょうどボクと対面する形で座っており、一人だけくすりと笑っていた。

「ずいぶんと余裕そうな態度だな」

ボクはわざと冷たく突き放すような言い方をした。相手の詳細がわかるまで、距離を詰めすぎるべきじゃない。

少女はゆっくりと目をつむると優しい声色で続ける。

「私はただ、仲良くしたいだけだよ。そこのウサギさんから聞いた話だと、別にあなたは敵ってわけじゃないみたいだし。だったらなるべく友好的な関係を築きたいかなって」

「他の囚人たちはそうじゃないみたいだが」

依然として突き刺すような視線がボクに向けられている。

少女は唐突に、パンッと大きく手を叩《たた》いた。その乾いた音は広いパノプティコンの中によく響いた。

「ねえみんな、看守さんとは仲良くするって決めたでしょ？　そんなに強張《こわば》った顔をしていたら看守さんが落ち着けないよ。私を信じて。彼は害のある人物じゃない」

少女はそうやって静かに語る。

言葉一つで、囚人たちの態度が変わるわけがない。そんなボクの予想とは裏腹に、こちらを警戒していた囚人全員の態度が一変し、周囲を満たしていた敵意は消失した。

まるでスイッチを切り替えたみたいに。

「マコがそう言うなら信じるしかねえな」

眼鏡をかけた青年が、緊張を解くように息を長く吐いた。彼はボクよりも少し年上に見える。大学生くらいだろうか。

「ありがとう、タツミ」

マコと呼ばれた少女は嬉《うれ》しそうにそう言った。他の囚人たちもタツミという若い男と似たような反応を示した。『マコが言うなら従う』と。

囚人たちの警戒が解けるのは歓迎すべきことだが、ボクは一連の流れに異様な気味の悪さを覚えた。

囚人たちがマコの言葉に従順すぎたからだ。

ミルグラムに集められた囚人たちに序列なんてものはない。それなら、なぜ目の前に得体の知れない上下関係のようなものが構築されているのだろうか。

「エス、今回の囚人たちにはあらかじめ全てを説明してあります。監獄ミルグラムのこと、裁定のやり方、粛清についても。エスはすでに知っていることばかりですし、仕事は効率的に行うべきっすからね。てことで――始めますよ」

ジャッカは大きな角を揺らして白い円卓に飛び乗った。そして普段とは違う、高圧的な口調で宣言する。

「看守エスが到着した。現時点を以《もっ》て、囚人たちの罪を裁く新時代の『裁判』を開始する」

ボクは円卓に用意された六つ目の椅子に座った。

看守用の椅子にはその権威を示すように、制服のものと似た金色の装飾が施されている。ボクは円卓の上に両肘をつき、顔の前で緩く手を組んだ。

そのまま無言で、円卓を囲む囚人たちを再度、ゆっくりと見回していく。

囚人たちは左右どちらかの手首に鉄の輪をつけられており、そこから鎖が伸びている。

その鎖は黒く分厚い『罪の本』に繋がっていた。

ボクは囚人たちに向かって告げる。

「まずは一人ずつ、自己紹介をしてもらいたい」

名前さえ知らない状態では看守の仕事を開始できない。当然の要求だ。

看守であるボクの指示に従って、囚人たちの自己紹介が進行していくはずだった。

だが。

マコがすっと椅子から立ち上がった。それに追従するように、残りの四人の囚人たちも立ち上がる。

「……どうした、座れ」

急に五人の囚人に見下ろされ、ボクは警戒心を強める。

対してマコは笑顔を絶やさなかった。涼やかな、柔らかい声色で続ける。

「看守さん――いや、これからはエスって呼ばせてもらうね。エス、こんなところで真面目な話をするのは楽しくないでしょ？」

「楽しいかどうかは関係ない」

「だからね、私たちはエスのために歓迎会を開くことにしたの」

話が噛《か》み合《あ》わなかった。いや、その表現は適切じゃない。

マコはボクの言葉を理解した上で完全に無視し、一方的に自分の話を展開しているのだ。

「実はもう準備できてるんだ。だからついてきて、エス」

マコはそのままくるりとボクに背を向けると、パノプティコンの奥にある扉へと歩いていく。看守室へ続く扉とは真逆の方向だ。

他の囚人たちもマコを追うように円卓を離れていく。

そうしてマコをはじめとする五人の囚人は一切の迷いなく、パノプティコンを出ていってしまった。

取り残されたボクは椅子に座ったまま、彼女たちの行動について考える。

一見すると、マコはただの自己中心的な人物に思える。

だがその実態は違う気がした。

相手の話を聞く。相手の話を無視する。それらを綺麗《きれい》に使い分け、対面している人間を自分の用意した筋書きの上に乗せる。

これはそういう手法、自分勝手とは真逆の計算に満ちた振る舞いだ。

マコは人心掌握に長《た》けていると考えた方がいい。心を許すべきじゃない。

「囚人たちはみんな行っちゃいましたけど……どうするんすか、エス？」

　ジャッカが円卓の天板の上をとことこ歩いて、ボクの目の前までやってくる。

　ふさふさして柔らかそうな身体がちょうど手の届く範囲に来たので、ボクは無言で右手の人差し指を伸ばし、ジャッカの脇腹を突いた。ボクの人差し指は面白いほど、ジャッカの身体に沈み、温かい被毛に包まれる。

「ちょ、何してんすか!」

ジャッカは嫌がるように身をくねらせ、ボクからぴょんと距離を取る。

「……ストレス解消だ。これから厄介なことが待っていそうだからな」

マコはボクの歓迎会を行うと言った。

しかし事前に囚人たちが用意した『歓迎会』が本当に和やかなものだとは到底思えない。『歓迎会』という単語は『罠《わな》』に置き換えた方がいいだろう。

「それじゃ行くか。ボクの歓迎会とやらに」

意を決してボクは椅子から立ち上がる。ジャッカロープも天板から飛び降り、ボクと共に扉へと向かう。

「それにしても、なかなかいい触り心地だったな」

ボクはジャッカロープを横目で見てつぶやく。

「意外と動物とか好きなんすか？」

そんなやりとりをしながら、ボクたちはパノプティコンをあとにした。

3

パノプティコンを看守室とは反対側に抜けた先。

そこは監獄の生活エリアとなっていた。ボクがいたミルグラムとは少しずつ異なっているものの、基本的には似た用途の設備が用意されている。

キッチン、それに併設されたダイニング。ランドリールームや浴場。軽い運動ができるトレーニングルームなどもある。そして当然だが、外に繋がる出口は一つも見当たらない。

「遅《おせ》えぞ、エス」

しばらく通路を歩くと、眼鏡をかけた青年――タツミが壁に寄りかかって待っていた。特別な敵意は感じられないが、ずいぶん乱暴な口調だ。

「お前たち囚人が一方的に話を進めすぎなんだ」

「うるせえ。マコがせっかくお前を歓迎するって言ってんだ。素直に喜んどけ」

押しつけがましい話だ。ボクは小さくため息をつく。

「それでなんでお前はここに？」

「あ？　なんでって……誰かがエスを待っててやらないと、どこの部屋に行けばいいかわからないだろうが」

「……？」

ボクは思わず首を傾《かし》げる。

タツミの乱暴な口調と行動がちぐはぐなように思えたのだ。

「エス、彼は囚人番号NO．1、『タツミ』っす」

ジャッカが簡単に紹介をする。名前はすでに知っているが、囚人番号というものを耳にするのは初めてだった。

「オレのことを番号で呼ぶのはやめろよ」

タツミは嫌そうに顔を歪めた。

「わざわざ番号を覚える方が面倒だ。安心しろ、タツミ」

「お、おう。そうか……」

ボクがタツミのことを名前で呼ぶと、彼は満更でもなさそうに眼鏡のフレームをいじった。やはり彼を見ていると、妙な違和感がある。

ボクはタツミのことをじっくりと眺めた。

髪は黒色、長さは耳が隠れる程度。整髪料でくしゃっと髪を立てているが、あまりこなれた感じはない。眼鏡はスクエア型のフレームでこちらも黒。目鼻立ちにも華やかさは見られず、全体的に地味な印象でまとまっている。

今までの言動とこの外見。ボクはタツミという人間の芯の部分について、ある程度予想がついた。一度、揺さぶってみるべきだろう。

「…………」

ボクはあえて一言も発さず、タツミのことを冷たく睨《にら》みつけた。害意とも取れるほど研ぎ澄ました視線。それをしばらく浴びせ続ける。すると、

「な、なんだよ！　そんなに睨むなよっ！」

タツミは急に腰が引けた様子になり、それまでの強気な態度が全て消《き》え失《う》せた。不安そうな表情になって、こちらの様子を窺《うかが》っている。

「……なるほど」

思った通りだ。

タツミの強気な姿勢はあくまで虚飾。

今、目の前で怯《おび》えている姿こそが彼の本質に近いのだろう。

あまり似合わない乱暴な口調、そして外見も見栄えが良くなるように努力して、少しでも本来の自分から離れようとしているのが伝わってくる。

しかしボクはそれが悪いことだとは思わない。むしろ、虚飾の言葉の奥に垣間《かいま》見《み》える優しさや弱さが思いがけず好印象だった。

「タツミはいい奴《やつ》みたいだな」

「は、はぁ⁉ 何言ってんだよ！」

「あくまでボクが感じた印象だ。否定したければそれでいい」

タツミは少しの間、照れたように顔をしかめていた。

だが何かを思い出したのか、ふとその表情から明るさが消える。

「いや……オレは本当にいい奴なんかじゃねえよ。どこまでいってもヒトゴロシなんだから。それも最低の思想を持ったヒトゴロシだ」

暗い声色でそれだけつぶやくと、彼は踵《きびす》を返して廊下を歩き出す。

「来いよ。歓迎会の場所まで案内してやる」

今回の監獄に集められた囚人たちは全員が罪の記憶を持っている。タツミは自分の罪を思い出してしまったのだろう。

その苦しみは痛いほどに理解できる。

ボクだって自分が囚人だった時に記憶があったら、あんなに冷静ではいられなかったはずだから。

タツミに案内された部屋は、以前のミルグラムにはなかった独特な雰囲気の場所だった。

部屋名は『遊技場』。

室内は薄暗く、各所に配置された暖色の間接照明によって、小洒落《こじゃれ》た空気感が演出されている。

入り口近くには五人が横並びに座ることのできるバーカウンター。中央にはビリヤード台が一台、壁際にはダーツ台が二台設置されていて、ドリンクや軽食を置くテーブルや、シンプルなソファもいくつか設置されている。

「こんな部屋が……」

ボクが少し驚いていると、足元でジャッカが得意げに言った。

「辛気臭いこの監獄には娯楽施設が必要だと思いましてね。自分が発注したんすよ。どうですか、自信作なんすけど」

「どうでもいい」

「……冷たいっすね」

「だが、ジャッカの裁量で監獄の構成を変えられるという点は興味深いな」

「うーん、そこっすか……」

囚人たちは中央のビリヤード台の周りに集まっていた。ボクがそばまで行くと、手入れ用の布でキューを磨いていたマコが声をかけてきた。

「ずいぶん時間かかったね」

近くのテーブルには、市販のビスケットやケーキがずらりと置かれており、囚人たちはソフトドリンクの入ったコップをそれぞれ手に持っていた。

火気類は看守かジャッカロープの許可がなければ使用できない。そのため、調理された料理は見当たらなかった。

「あんまり豪華なものは用意できなかったけど、私たち囚人の歓迎の気持ちが伝わると嬉しいな」

笑顔で話しかけてくるマコを無視して、ボクはテーブルの上に並べられた品を眺めながらジャッカに問う。

「ジャッカ、この中に劇物が仕込まれている可能性は？」

「それはないっすよ。ミルグラムが保証するので安心して食べて構わないっす」

「わかった」

ボクはビスケットを一枚手に取って口に放り込むと、マコと目を合わせる。

「囚人たちの歓迎の気持ちは確かに受け取った」

「その過程があまりにも無神経だったけどね」

マコは苦言を述べるが、浮かべる笑顔は変わらない。しかし一連の流れを横で見ていたタツミは、完全にドン引きの表情になっていた。

「エス、お前よぉ。せっかくみんなが食い物用意してくれたのに、危険物扱いはひどいんじゃねえか……？」

「ボクはこの場の全員がヒトゴロシだと知った上で、何の警戒もしない能天気な人間にはなれない」

ヒトゴロシという単語に、全員が沈黙して場がしんと静まり返った。しかし、すぐにマコが場を取り成す。

「会ったばかりの私たちを信用するのは難しいよね。だから、親睦を深めるために一緒に遊ぼうと思ってるんだ。これが歓迎会のメインイベント！」

そう言って、マコは後ろ手に持っていたビリヤードのキューをこちらに掲げてみせた。

「ビリヤードか」

「ルールはナインボール。男女で二チームに分かれて、あくまで楽しむことを目的にプレイできればなって。勝ち負けは二の次」

彼女の提案を断ることは簡単だ。

だが、囚人の自己紹介の場を潰された現在、ここで囚人たちの顔と名前、性格を把握しておいた方が良《よ》いのは明白だった。行動を緩やかに誘導されている感覚があるが仕方ない。

「その提案、受けよう。そしてやるからには負けない」

「うん、決まりだね。遊び終わった頃には仲良くなれてるといいな」

ボクは近くにあったラックまで移動し、余っていたキューを手に取る。

その時、誰かが横に立った。ボクが視線を向けると、そこには同い年くらいの少年がいた。

「同じチームだね。僕は囚人番号NO．4、『トモナリ』。よろしく、エス」

優しい物腰の少年、トモナリはボクと同じようにキューを選び取ると、空いている方の手で握手を求めてきた。

しかし、ボクはほんの少し目を細めるだけで握手には応じない。

「あれ？　エスは僕のことが嫌いかな？」

トモナリは少し残念そうに肩を落とす。

「まともな会話をして、まだ数秒だ。好きも嫌いもない。最初から友好的に接すると、相手がどんな人間か、その本質を見逃す可能性がある」

「人の善意や好意を信じられないのは悲しいね。疑心暗鬼になりすぎるのは良くないよ」

トモナリは口元を少し歪めたが、怒りというよりは困惑の方が大きいようだった。

彼には態度、外見共に初対面の人間に悪印象を与える要素がない。

短くカットされた黒髪、整った顔の造形には清潔感がある。身体はすらっと引き締まっており、纏《まと》っている穏やかな空気は相手を安心させる。

だからこそボクはうすら寒さを覚えたのだった。

忘れてはいけない。この場の大原則を。

ミルグラムにいるということは、トモナリもまた『ヒトゴロシ』。しかも自分の罪をはっきりと覚えているのだ。

トモナリは人を殺したことを自覚した上で、穏やかな態度を取っている。

もちろんミルグラムのヒトゴロシの解釈には直接的な殺人以外にも、様々なものが含まれることは理解している。

自殺しようとしたのかもしれないし、間接的にヒトゴロシと解釈されてしまうような事件に巻き込まれたのかもしれない。

だとしても、何らかのショッキングな事柄と大きな関わりがあるのは確かだ。平常心を保てているのはおかしい。

それはさっきからずっと、笑顔を見せているマコにも同じことが言えた。

――今回の監獄において、笑顔は異常の象徴だ。

人を殺しておいてなお、笑っていられる人間をボクは信用できない。

ビリヤード台に戻ると、すでに九つの的球《まとだま》がひし形に並べられていた。

ナインボールのルールはそう難しくない。

白い手球《てだま》を撞《つ》き、一番小さい数字の的球に当てて、テーブルの外縁にある六つのポケットのどこかに落としていく。そして、9と書かれた的球を先にポケットへ落としたチームの勝利だ。

「ブレイクショットはエスがやっていいよ」

マコはビスケットをつまみながら言った。

「おい、絶対外すなよ！」

タツミが横で騒いでいてやかましい。ボクは冷たい目で彼を見た。

「なら、タツミが代わりにやったらどうだ？ 絶対に外さない自信があるならな」

「オ、オレがやるのは……なんかほら、違うだろ？ その、エスにやらせてやるよ！」

「はあ、自分でできる自信がないなら静かに見ていろ」

ボクはキューを構えて、狙いを研ぎ澄ます。

すっと呼吸を止め、白い手球の中心を的確に撞いた。勢いよく弾《はじ》かれた手球は綺麗にブレイクを決め、2と4の的球がポケットに落ちる。上々の結果だ。

「エス、なんか上手《うま》くねえか……？」

タツミが驚いたように目を丸くしている。

「一時期、ビリヤードにハマっていた時期がある。だから慣れているだけだ」

ボクは淡々と答えながら次のショットを行うが、今度は的球を落とせなかった。相手チームと交代する。

ビリヤードをよく遊んでいたのは、高校一年生の頃。個人経営の小さなビリヤード場が高校の近くにあり、ボクは週一のペースで通っていた。

しかし、誰かと一緒にプレイしていたわけではない。

いつだって一人きりだった。あの頃のボクにとって、ビリヤードは無心で球を撞くだけの、何も考えなくていい時間を与えてくれるものだった。

しかし高校二年へと上がった春に、通っていた店は潰れてしまった。それ以降、キューを握った記憶はない。

ボクはビリヤードが好きだったのではなくて、あくまで無心になれる時間が好きだったのだと、あとから気づいた。

「次は女子チームの番だね。リナ、お願いできる？」

「マコがそう命令するなら従うよ。逆らってもいいことなさそうだし」

リナと呼ばれた少女の囚人は少し含みを持たせた返事をした。

そしてマコは命令であるということを否定せず、リナをじっと見つめたままだ。

未《いま》だにマコと他の囚人の関係性がいまいち見えてこない。マコの言うことを聞いているからといって、友好的な関係とは限らないようだ。

少し離れた場所にいたリナがビリヤード台に近づいてくる。

すると、もう一人のまだ名前を知らない少女の囚人も、ぴったりとリナに寄り添う形でついてきた。

「囚人番号NO．2『リナ』と、囚人番号NO．3『メイ』っす」

いつの間にか近くのガラス製テーブルに乗っていたジャッカがそっと情報を伝えてくる。

ビリヤード台の真上に設置された淡い橙色《だいだいいろ》の小さな電球が彼女たちを照らす。

そこで初めて、ボクは彼女たちが異様な特徴を持っていることに気づいた。

リナの左手首、メイの右手首につけられた鉄の輪からは、通常の囚人と同じく鎖が伸びている。

だがその鎖が繋がっている先が問題だった。

「……罪の本が二人で一冊、か」

リナから伸びた鎖も、メイから伸びた鎖も、リナが抱いている一冊の罪の本に繋がっていた。彼女たちの罪の本の拘束具には二人分の鎖が複雑に絡み合っている。

そのため、彼女たちは常に寄り添っていなければならないのだ。

「これ、珍しいことなの？」

リナは自分たちの罪の本を見て小首を傾げる。

彼女は細身で垢抜《あかぬ》けた印象だった。自然に馴染《なじ》んだメイク、綺麗に染められたブロンズの長髪、芯の通った光が宿る瞳。どれも周囲を惹《ひ》きつける魅力がある。仮に高校生だとすれば、リナは教室の中心にいるような生徒だろう。

「少なくともボクは見たことがないな。ジャッカ、こういうケースはよくあるのか？」

「いや、二人で一冊の罪の本っていうのはほとんど見かけないっすよ。超レアケースです。ミルグラムでは開かれた罪の本に対して、看守が裁定を下すという規程になっていますす。罪の本が一冊だと、二人の囚人に対して一つの裁定を出すってイレギュラー対応になりますね」

囚人二人に対して、一つの裁定を下す。

二人が共犯で全く同じ罪を抱えているのであれば、そこまで問題はないだろうが……

ミルグラムがそんなわかりやすい囚人を連れてくるとは考えづらい。

「ふーん。ま、あたしたちの現状が変わるわけじゃないし、別にどうでもいいけど」

リナは諦めた声色でそう言うと、メイに罪の本を渡し、キューを構えるために姿勢をぐっと低くする。その際に左手首の鎖が伸びきって、ぐいとメイを引っ張る形になってしまった。

「きゃっ」

小さく悲鳴を上げて、メイが前のめりに転びそうになる。

「あ、ごめんね！　メイ」

リナはパッとキューを手離すと、転倒しそうになったメイの両肩をぎゅっと支えた。

「大丈夫？　怪我《けが》はない？　あたしがもっと気をつけるべきだった！」

マコに対しては淡白な態度を取っていたリナだが、メイに対しては過保護なくらいに心配する一面を見せた。

「……そんなに焦らなくて大丈夫。リナが受け止めてくれたから、どこも痛くないよ」

メイは少しぼんやりとした印象を受ける少女だった。

リナが目の前で慌てていても、ゆっくりとしたテンポでしゃべっている。

ショートボブの毛先も緩やかに揺れていて、大きく丸い両目はなんだか眠そうだ。独特のふわふわとした雰囲気を持つ囚人だった。

「そう？　ほんとごめんね！」

ひとしきり謝ってから、リナはようやくショットの構えに戻る。彼女は手先が器用なのか、次々に的球を落としていった。

ふと、リナの横に立っているメイと目が合う。彼女はすぐにふいと視線を外した。あまり人と接するのが得意なタイプじゃなさそうだ。

……ボクが言えた身ではないが。

その後、二つのチームで交代に的球を落下させていき、9の的球だけがテーブル上に残った。

次のショットはタツミだ。

「こ、ここでオレかよ……」

「期待しているぞ、タツミ」

ボクは微塵《みじん》も思ってもいない言葉でプレッシャーをかけてみる。

「や、やめろ!」

「落ち着いて。タツミならできるよ」

トモナリにフォローされて、タツミは少し冷静さを取り戻す。

女子チームの囚人たちも注目する中、強張った様子のタツミはなんとかキューを押し出した。

しかし。

「ああっ!」

タツミの無念そうな叫びが室内に響く。緊張でブレたのか、キューの先端は手球の中心を捉えられずに端の方をかすめ、手球が狙いの軌道から大きく逸《そ》れたのだ。

9の的球にも当たる気配はないと思っていたのだが、手球は何度か壁を跳ね返り――想定外の角度から9の的球に命中した。

そして弾かれた9の的球は近くのポケットにすとんと、あっけなく落ちたのだった。

「え?」

当の本人であるタツミが一番、驚いた表情をしていた。

これはうるさくなるな、とボクの直感がささやく。

そしてその予想は外れることなく……。

「見たか、エス！ オレのスーパーショット!!」

次の瞬間には案の定、調子に乗ったタツミが騒ぎ出したのだった。

数ゲームほど、ビリヤードをプレイした後。

ボクは少し休憩をすると言って囚人たちから離れ、入り口近くのバーカウンターの椅子に座っていた。

カウンターの上にはジャッカもいる。ビリヤードの球を渡してみたら気に入ったようで、さっきからずっと前脚でぎゅっと抱え込んでいた。

タツミとトモナリはダーツで遊んでおり、リナとメイは菓子の置かれたテーブル近くのソファでくつろいでいた。

そして彼らのリーダー格であるマコは。

「少しは楽しめたかな？」

拒否する間もなく、するりとボクの隣の席に座ってきた。

「思ったよりは」

ボクは手元に置いていたアイスコーヒーの入ったグラスを口に運ぶ。冷たさの後に来る、ほんのりした苦みがちょうどいい。

「そういえば、マコの囚人番号をまだ聞いていなかったな。数字順に割り振られているのなら、聞くまでもないが」

ジャッカはビリヤード球をカウンター上で転がして遊びながら答える。

「囚人番号NO.5、『マコ』。今まで見てきた通り、彼女は他の囚人たちに命令ができる厄介な囚人っすね」

「エスへの説明に私的な見解を入れていいの？　ジャッカ」

マコは相変わらず笑顔のまま、そうやって指摘する。

「別に自分が公平である必要はないっすよ。結局、エスがどう判断するかが全てですから」

「ま、そうだよね」

マコは今までずっと余裕な態度を崩していない。謎の監獄に閉じ込められたことに慌てる様子もなく自然体だ。

まるでこの監獄の光景が日常であるかのように。あるいは自分こそが監獄の主《あるじ》であるかのように。泰然として微笑みを絶やさない。

「マコ、お前は何者だ？」

ボクは彼女の方を見ることなく、まっすぐ前を向いて質問を口にした。

「何者かって問われても、私は私だよ。この吐き気がするような監獄で、不安に潰されそうな他の囚人たちを支えようと頑張ってる、普通の女の子」

「吐き気がする、というのには同感だ」

「看守なのに、この監獄が嫌いなの?」

「ボクは自ら望んで看守になったわけじゃない。ミルグラムがボクを無理やり看守に仕立てあげただけだ」

「へえ。それは聞かされていなかったなぁ」

マコはちらりとジャッカに視線を向ける。

「看守の事情は囚人には関係ないことっすからね」

「ふーん」

少しの間があってから、マコもカウンターの方を向いたままつぶやく。

「【世の中には司法で裁けない悪が存在する。司法で裁けない以上、他の誰かが裁きを下すべきだ。たとえ殺人という極端な手段を用いても】」

まるで呪文を唱えているかのようだった。そこには何の感情も込められておらず、マコが何を思っているのかを窺い知ることはできない。

「この考え方についてエスはどう思う?」

マコはすっと立ち上がると、バーカウンターの向こう側に回り、空いたグラスを取り出した。そのままボクに背を向けて、ドリンクサーバーの飲み物を吟味し出す。

「……それはミルグラムを揶揄《やゆ》しているのか？」

「違うよ。これはミルグラムとは全く関係ない思想。この思想には名前があってね。それが――『正当な善なる殺人』」

「『正当な善なる殺人』……」

ボクはその妙な語句に目を細める。

マコはドリンクを決めたようで、サーバーのボタンを押した。アイスティーが氷の入ったグラスに注がれていき、ボクたちの間にはその音だけがしばらく響く。

「法律で止められない悪人がいた場合、その悪人の行いを阻止するために殺すことは仕方がない。これはそういう考え方。囚人を私見で裁くミルグラムとは似ているようで重心の置き場が違う。『正当な善なる殺人』はあくまで法で裁けない悪人を止めるため、仕方なく作り上げられた思想だから」

「法で裁けない悪人の定義は？」

「それは各々の判断に委ねられるよ」

「だとしたら考えるまでもない。ボクは共感できない。そんな思想による殺人が許容されたら社会の秩序は失われるだろう。法で裁けない悪人の定義が曖昧な以上、気に食わない人間は全員殺していいことになってしまう」

そう答えると、マコは相変わらずの笑顔で振り返った。

「……エスはここの囚人たちとは違うみたい」

「どういう意味だ？」

「――そろそろ歓迎会はお開きにしようか」

マコはアイスティーが注がれたグラスをボクの目の前にトンと置く。そしてバーカウンターから離れていった。

会話は一方的に終了し、静寂が戻る。

今回も完全にマコのペースに乗せられてしまった。

誰も口をつけていないグラスの中で氷がカランと涼やかな音を立てた。グラスの外側についた水滴が流れ落ちていくのを、ボクはしばらく眺めていた。

4

歓迎会はマコの一声によって、あっけなく終了となった。

この後は審判が始まるまで自由時間だ。

囚人にはほとんど行動制限がない。禁止されているのは火気類や危険物の使用くらいだろう。この辺りは前回と変わらない。

看守室に戻ったボクは執務椅子に深く腰を下ろし、長く息を吐き出した。目の前の豪《ごう》奢《しゃ》な執務机の上にはジャッカがちょこんと座っている。

「……厄介そうな囚人たちだったな」

正直な感想がこぼれ出る。

「そうっすね。自分がこれまで担当した囚人の中でもかなり面倒な部類です」

「それでもボクは今回の看守だ。審判を通して、囚人たちが自分の罪と少しでも向き合えるように、彼らのことを知っていかないといけない」

するとジャッカはきょとんとした顔を見せた。

意味がわからないという風に。

「……何か変なことを言ったか？」

ジャッカは数秒してから、ようやく理解したというように数回頷《うなず》いてみせた。

「なるほどなるほど。エス、あんたはどうやら勘違いしてるみたいっすね」

「勘違い？」

「ええ。これはあくまで自分の認識ですが——ミルグラムは人を裁く場所じゃなくて、罪を裁く場所なんすよ」

ジャッカの言葉の真意がつかめない。

「その二つは同じ意味じゃないのか？」

「いいえ。おそらく、エスは赦す・赦さないを決めることで囚人たちの心を救済したり、もしくは反省を促したりしようとしてるんですよね？」

「ああ。そのための審判、そのための裁定だろう？」

ジャッカはボクを否定するようにゆっくりと首を横に振った。

「違いますよ。もしかしたら、前任のジャッカロープはそういう意図を持っていたのかもしれませんが。それはあくまで前任者の考えです。ミルグラムはそんなお人好《ひとよ》しな監獄じゃありません。別にいいんすよ、囚人がどうなったって」

ボクはほんの少し眉をひそめる。

「どういう意味だ？」

ジャッカは少し自嘲気味に鼻を鳴らして、それから言った。

「囚人が犯した罪、それを赦すか赦さないか。その裁定さえ決められれば、囚人が更生するかどうかはどうでもいいってことです。ミルグラムが求めているのはあくまで裁定結果であって、囚人のその後に興味はないんすよ」

その考え方は受け入れがたいものだった。

それじゃあまるで——。

「……囚人はただの道具じゃないか」

「そうです。ただの道具っすよ。囚人たちは看守が裁定を導き出すための補助装置であって、決して主役じゃない」

「待て、罪だけを裁いてどうする？　罪を犯した人間のその後に干渉する気がないなら、そんな裁判は無意味だ」

「エスには無意味に見えるでしょうね。自分も個人的には色々思うところがありますよ。でも事実として、ミルグラムはそういう場所なんです。そしてエスはそんな監獄の看守で、自分は管理者。お互い、ミルグラムというシステムに取り込まれている以上、その前提を覆すことは無理っすよ」

　ジャッカの声色には諦めが混ざっていた。

「考えても意味ないんすよ、何もかも。ただ流れ作業のように仕事をこなす。それが一番苦痛を感じない方法です。オススメっすよ」

　ミルグラムのシステムに疑問を覚えず、ただ自分の直感で赦す・赦さないを決めて、囚人のその後には目を向けない。確かに仕事は楽になるだろう。

　だけど、ボクはそんな看守にはなりたくなかった。

「ミルグラムは囚人のその後に興味がない。言い換えれば、ボクが勝手に干渉する分には構わないってことだな？」

　その確認に、ジャッカの目元がぴくりと動いた。

「……いいんじゃないすか？　あんたが以前いたミルグラムでは、囚人たちは自分の罪と向き合って消えていった。それもまた事実ですから」

「なら、勝手にやらせてもらう」

ボクはジャッカを正面から見つめてそう告げた。それを聞いて、ジャッカはほんの少し嬉しそうに角を揺らしたように見えたが、気のせいかもしれない。

「やり方はお任せしますよ。……さてそれじゃ、やる気満々のエスにこれからの流れを伝えておきますね。今回のミルグラムでは、囚人の罪の本は一日おきに開かれます。最初の本が開かれるのは明日の午後。対象囚人は事前に告知されますが、囚人のことを無理に知る必要はありません」

　前回のミルグラムでは、囚人のことを知るまで罪の本は開かれなかった。

　ずいぶんとルールが違う。

　しかし、ミルグラムが囚人のことをどうでもいいと思っているのなら、むしろこちらのルールの方が自然だ。

「そして客観性を担保するため、罪の本が開くまで囚人から詳細な罪の内容は聞き出せません。聞き出せるのは、罪に対する彼らの認識や考え方だけです。強引に罪の内容は聞き出すのはやめといた方がいいっす。ミルグラムのシステムから手痛い反撃を食らうのはエスですから」

聞き出せる事柄は限定されているらしい。しかしよく考えると、前回のミルグラムとそこまで違いはなかった。記憶のない囚人から罪の詳細を引き出すことはできなかったのだから。

「基本的なルールは以上っす。何か質問はありますか？」

「いや、大丈夫だ。制限時間があるなら、早めに行動を開始しないとな」

囚人を知るための時間はかなり短い。それでも、ボクは彼らのことをきちんと理解して裁定を下したい。

囚人を知り、責任を持って裁定を下し、彼らに自分の罪と向き合わせる。

それこそが、ボクの知る看守だったから。

そんなボクを見て、ジャッカは淡々と言う。

「エス。いや、ここは氷森統知と呼ぶべきですかね。あんたはちょっと前まで人間の尊さがわからない人間だったはず。なのに、今はやたら積極的です。あんたの持つ理想の看守像は本当に自分の考えに支えられたものですか？　それとも――」

ジャッカはボクをじっと観察するように眺めて。

「湖上澄の亡霊を追いかけてるんすか？」

「それは……」

正直、よくわからない。

ボクが人間の尊さを理解しようとせず、孤独であろうとしたのは紛れもない事実。そして他人と距離を取っていたボクを変えたのは湖上だ。それも事実。

ボクはなぜ看守として、積極的に囚人と関わろうとしているのだろう。ジャッカの言う通り、看守として立派に役目を果たしていた湖上の姿を追いかけているだけなのかもしれない。

でも、それでも構わないと思う。

湖上から影響を受けて変化したボクが前よりも善い人間ならば、それで。

「……ちょっと嫌みなことを言ったかもしれないっすね。別にエスがどういうスタンスでも、自分としては問題ありません。ただ気になっただけっす」

少しバツが悪そうに、ジャッカは小声でつぶやいた。

「エスがやりたいようにやればいい。あんたがこの監獄の看守なんですから」

「ああ、そうする」

ジャッカは咳払《せきばら》いをして、空気を仕切り直す。

そして珍しく真剣な表情でボクを見つめた。

「——では、最初に罪の本が開かれる囚人を告知します。対象囚人は囚人番号NO．1『タツミ』。罪の本の開示は明日の午後になります。エス、あんたが囚人にどこまで歩み寄れるのか、楽しみにしてますよ」

ジャッカから告知を受けた後。

ボクはタツミを探して監獄内を歩き回っていた。

まずはタツミと一対一で話すことが重要だ。ボクはまだ彼の罪の断片すらも知らないのだから。

しかし、タツミはなかなか見つからなかった。ボクはいつの間にか監獄の端まで来ていて、確認していない部屋は一つもないはずだ。

他の四人の囚人たちの姿はあちこちで見かけたが、なぜかタツミだけ見つからない。

だからといって、出口のないこの監獄から逃げ出したという可能性は低い。

「まだ探していない場所はどこだ?」

ボクは少し考え込んで、まだ足を運んでいない場所があることに気づいた。

「……パノプティコンの螺旋階段」

大書架群と一体化したパノプティコン。

その外周に設置された大きな螺旋階段。あそこはまだ調べていない。これだけ探して見つからないのなら、タツミは螺旋階段を上った先にいる可能性がある。

そう考えたボクはすぐさまパノプティコンまで引き返した。

五つの牢屋と白い円卓、周囲には巨人のようにそびえたつ巨大な罪の書架。パノプティコン内部には陰鬱な空気が蔓延《まんえん》している。

ボクは螺旋階段を上っていく。階段の横幅は二メートルほど。落下防止を兼ねた木製の手すりがあり、足を滑らせて転落することはなさそうだ。

螺旋階段は右回りでどこまでも緩やかに続いていた。

階段を上がっていくボクの左側には常に罪の書架がある。手を伸ばせば蔵書に触れることもできるが、誰のものかもわからない罪の本を開くつもりはない。

この階段はどこまで続いているのか、と心配することはなかった。下から見上げた際に遥か上層ではあるが、終点の存在が確認できていたからだ。

黙々と上り続けて数分。ようやくその終点に辿《たど》り着《つ》く。

そこは大きなバルコニーのようになっていて、パノプティコンの中央に向かってせり出していた。

地上からは三十メートルくらい離れているだろうか。眼下にある白い円卓はかすんで見える。高所が苦手な人間はここまで上がってこられないだろう。

周囲には木製の柵が設置されていた。柵はボクの胸の高さくらいまである。

屋内バルコニーの真ん中には横長のテーブルが一つ置かれており、それを挟んで対面する形で二つずつ椅子が用意されていた。

そして、目当ての人物がそこに座っているのを発見する。

「こんなところにいたのか、タツミ」

タツミはテーブルに両肘をつき、文庫本を開いていた。ボクが来たことに気づき、彼は顔を上げる。

「よお、エス。お前も一人になれる場所を探してるのか？」

お前も、という言い回しからして、タツミはどうやら一人になるためにこの場所を訪れたらしい。

ボクはタツミが持っている文庫本が気になった。

「その本は私物か？　この監獄に図書室はなかったはずだが」

「これはジャッカロープに頼んで支給してもらったんだよ。アイツすげえぜ。支給品の申請書を書いたら、一時間もしないで持ってきたんだ」

「支給品？」

覚えのない制度だった。自分が囚人だった時に使った記憶もない。

「お前、看守なのに知らねえのかよ。この監獄内にない物は申請書を提出して、ジャッカロープが許可すれば支給されるんだ」

「初耳だ」

「んじゃ良かったな。これで知ることができただろ」

タツミは文庫本をぱたんと閉じて、こちらに向き直った。

「で、看守様はなんでオレのところに？ たまたま通りかかったって感じじゃなさそうだ」

ボクはタツミの目をまっすぐ見て告知する。

「タツミ。お前の罪の本は明日開かれる」

タツミの目がわずかに見開かれた。文庫本を持った彼の手が小さく震える。

「……それがどうした。オレは別に怖くねえ」

「ボクは裁定を下す前に、タツミのことを少しでも知っておきたい。だから、ここまで来たんだ」

タツミはふっと鼻で笑う。彼の目はさっきまでと違い、虚《うつ》ろに濁ってしまっている。

「知ってどうすんだ。何も変わんねえよ。それどころか、きっと印象は悪化する」

「判断するのはボクだ」

「ああ、そうかよ。なら教えてやる」

苛立《いらだ》ったようにタツミは低い声を出す。

彼は短く息を吸うと、意を決したように口を開いた。

「──オレはな、自分の罪に誇りを持っている。オレの殺人は正義の行いだった」

その宣言は表面だけをなぞれば、大罪人のそれだ。

しかし、彼の声はかすれていた。目は伏せられていた。

その言葉はまるで自らに言い聞かせるように。

自らを洗脳するように紡がれたものに思えた。

「オレは悪くない。オレは正義だ。オレの行いは間違ってない……」

弱々しく自己正当化の文言を並べるタツミを眺めて、ボクはこの監獄の大前提を思い出す。

ここには、誰がどう見ても悪人だと言いきれる人物はいない。

ここには、誰がどう見ても善人だと言いきれる人物はいない。

裁定をする人間によって、善悪が容易にひっくり返る。

それがミルグラムの囚人たちだ。善悪の境目が曖昧な以上、タツミは自分を肯定し続けるしかない。そうしなければ、自らの罪に押し潰されてしまうから。

自分の犯した罪に苦しむ姿には既視感がある。

目の前のタツミは……かつてのボクのようだった。

そしてようやく腑《ふ》に落ちた。なぜボクが看守の仕事に積極的なのか。その答えが見えた気がした。

ボクはミルグラムを通して救われた。

たとえミルグラムが醜悪で空虚で、囚人の未来に興味がないシステムだったとしても、そんなことは関係ない。

諦めなければ、囚人は真っ当な救いに辿り着ける。それがシステムの副産物にすぎなくても。

そして囚人が己の罪と向き合えるように手助けをするのが看守なのだ。

ボクはただ湖上澄の亡霊を追っていたわけじゃない。

単純なことだ。

ボクは——湖上がボクにしてくれたことを他の囚人にしてあげたいと思っているだけ。

それが答えだった。

だいぶ人間らしくなったな、とボクはなんだか面白くなって、ふっと笑った。

「な、なんだよ……っ！」

自分が笑われたと思ったのか、タツミは不安そうに眉尻を下げ、こちらを見ていた。

「ああ、すまない。タツミのことを笑ったわけじゃないんだ」

訝《いぶか》しげな表情を浮かべるタツミに対して、ボクは力強く言う。

「タツミ。お前が苦しんでいるのは、自分の罪を一人きりで抱えているからだ。だけどこれから先、ボクは誰よりもお前の罪について考える。そして何らかの裁定を下す。それを自分の罪と向かい合うきっかけにするといい」

そう告げることで、タツミが抱えている罪の重さを少しでも軽減できると思っていた。

しかし、彼の反応は思っていたものとは違った。

「……そんな簡単な話じゃねえんだよ」

タツミは力なくつぶやいた。右手で前髪をくしゃと乱す。

「気をつけてくれよ、エス。オレはもう縋《すが》っちまったんだ。――『神様』が差し出した手に」

「『神様』？」

「これ以上、オレに歩み寄るな。オレを理解しようとするな。オレを救おうとするな。……オレはすでに、救われている」

タツミの様子が明らかに変わった。

何かに恐怖するように大きく目が見開かれ、その姿を見たボクの全身には悪寒が走る。得体の知れないものに触れたような感覚があった。

「……タツミ？」

心配になり、ボクは椅子に座っているタツミに近づく。すると、

「近寄るな！」

タツミは腕を大きく振ってボクを押しのけようとした。

彼の手がテーブルの上に置かれていた罪の本をはね飛《と》ばす。

そして吹き飛んだ罪の本が偶然、ボクの手に触れた。

その時だ。唐突に強烈なめまいが襲ってきた。罪の本に触れた手を通して、何かが勢いよくボクの頭の中へと流れ込んでくる。

——それは映像のようだった。

◇

人だかりができていた。

どこか大きな建物の中だった。二十代前半と思われる男女の若者たちが輪になって、何事か喚《わめ》き立《た》てている。スマホのカメラを輪の中心に向けている人間もいた。

そのレンズの先には、放心した様子で床に両膝をついている男が一人。

彼の両手は血塗れだった。服も、ズボンも、首も頬も——かけている眼鏡も。

「……オレはただ、止めたかっただけだ」

周囲にはたくさんの野次馬がいたが、彼はその誰に話しかけるでもなく、ただ虚ろに床を見つめてつぶやいた。

「殺すつもりなんかなかった」

野次馬たちの声に耳を傾けると、それが非難や罵倒の類《たぐい》であることがわかる。血塗れの男はひたすらに否定され、誰も彼に手を差し伸べようとはしない。

彼のすぐ近くには、同年代の女性が一人倒れていた。首元には深い切り傷がある。鋭く長い刃物を思いきり振らなければ、ああはならないだろう。

それは疑いようもなく、死体だった。

まだ息があると希望を抱く人間はいない。そのくらい女性の肌は白く、大量の血液が流れ出している。

彼女のすぐ横、血だまりの中には一冊の文庫本が転がっていた。

男は女性の死体を穴が空きそうなほど見つめる。

「……なんで『正義同盟』なんかに縋っちまったんだろうな」

そうして静かに、諦めたように、言葉を締める。

「――本当に馬鹿野郎だ」

◇

意識が戻る。普通の人間だったら、凄惨な殺人現場の光景にパニックを起こしていたかもしれない。

罪の本が視《み》せたのは、そのくらいリアルな映像だった。

しかしボクはあまり動じていなかった。今までにもう何度も、悲惨な死の現場を目撃していたからだ。

今の映像はなんだったのだろうか。

「……一人にさせてくれ、エス」

タツミはボクから視線を逸らすと、罪の本を拾い、元の場所に座って再び手に持っていた文庫本を開く。

そうやって彼はボクを拒絶した。今視た映像のこともある。ボクは少しだけ悩んだ後、いったん出直すことにした。

タツミに背を向けた時だ。かすかなささやきが聞こえた。

「『正当な善なる殺人』に気をつけろ」

5

「ミルグラムの看守は罪の本に触れることで、その内容の一部を映像として『視る』ことができます。ほんの一瞬ですけどね」

タツミと別れた後、映像のことをジャッカに訊《たず》ねるとそんな答えが返ってきた。

どうやらボクが視たのはタツミの罪の一部のようだ。

そういえば、ボクも自分が囚人だった時、湖上に罪の本を触られた記憶がある。あの時は意味がわからなかったが、湖上は看守としての力を使っていたのだろう。

ボクは考えごとをしながら、生活エリアを意味もなく歩き回っていた。看守室にこもっていたら、気分が重くなる一方だからだ。

――『正当な善なる殺人』。

ボクが屋内バルコニーを去る前に、タツミが口にしたその言葉。

それは歓迎会の時、マコから聞いたものと同じだった。

【世の中には司法で裁けない悪が存在する。司法で裁けない以上、他の誰かが裁きを下すべきだ。たとえ殺人という極端な手段を用いても】。

そんな唾棄すべき論理がマコやタツミに影響を与えたのだろうか。そもそも、二人はどこでその思想を見聞きしたのだろう。

タツミに直接聞くことができればいいが、あの様子じゃしばらくは無理そうだ。マコも遊技場で語った以上のことを話すとは思えなかった。

ボクがたまたま食堂の前を通りかかると、部屋の中から楽しそうな女子二人の声が聞こえてきた。足を止める。扉は少し開いたままになっていて、中の様子を確認できそうだ。

盗み見するようで気が引けるが、看守がいない時の囚人たちの様子も知っておきたい。

そっと扉の隙間から食堂内を覗いた。

食堂のキッチンにいたのは、リナとメイだった。

「メイ、そっちのチョコレートソースを取ってくれる？」

「これだよね。はいどうぞ、リナ」

甘い匂いが漂ってくる。どうやら彼女たちは洋菓子作りをしているようだ。

リナは遊技場で見せた表情とは違って、元気で屈託のない笑みを浮かべている。メイは変わらずふわふわとした雰囲気だが、口角がうっすらと上がっていて、楽しんでいることはわかった。

キッチン台には二人を結ぶ罪の本が置かれている。

一冊の本で繋がっているため、二人は単独行動が制限されていたが、特に不満を感じている様子はなかった。

不思議だ。ボクだったらどんなに仲が良くても、誰かと繋がれるのはごめんだった。

食事も風呂もトイレだって、一定の距離を保たなくてはならない。

普通なら耐えがたい苦痛だろう。それでも、彼女たちからは現状に疲弊した様子を感じない。

二人の罪を記した一冊だけの罪の本。その中に彼女たちの振る舞いの答えがあるのだろうか。

「よし、トッピングも完成！　けっこう上手にできたんじゃない？　あーあ、スマホがあればたくさん写真撮ったのに」

さすがに囚人たちのスマホの持ち込みは許可されていないようだ。

リナが完成した洋菓子を大皿に載せていく。

彼女たちが作っていたのはカップケーキだった。一つ一つにチョコレートソースやスプリンクルがかけられている。

大皿に盛られたカップケーキは全部で十数個。二人で食べるにしては数が多かった。あとで他の囚人たちに配るつもりなのかもしれない。

ふと、ボクの脳裏に温かい過去の光景がよぎる。

前回のミルグラム。穏やかな照明の下、みんなで笑顔のハンバーグを食べた時の光景だ。ボクは湖上に無理やり夕食の席へと呼びつけられたことを思い出す。

おそらくボクはあの中で一番厄介な囚人だっただろう。それでも湖上はボクを見捨てず、夕食の場に連れ出した。

あの時の思い出は、今もボクの中で優しい熱を持って残っている。

……そんな風に少し感傷に浸って油断した。

ボクの気配をうっすらと感じたのか、こちらに視線を向けたリナと目が合ってしまったのだ。

途端、リナは機嫌が悪そうな、むっとした表情になって目つきを鋭くした。彼女の異変に気づいたメイも遅れてボクに気づく。

長居しすぎた、と後悔するが後の祭りだ。

リナは通路にいたボクに向かって一直線につかつかと迫ってくる。メイは手首の鎖が伸びきらないように慌ててリナの後を追いかけてきた。

「何見てんの？　キモいんだけど」

ぐっと扉を力いっぱい開けて、リナが抗議の視線を浴びせてくる。

返す言葉もない。女子二人で楽しくカップケーキ作りをしているところを、ボクに無言で盗み見られていたら、不快に思っても仕方ないだろう。

「わ、悪かった」

キモいという直接的な罵倒に、静かに心を痛めながらもボクは素直に謝った。

「……？」

なぜかリナはきょとんとした表情になる。

「どうした？」

「エス、そうやって謝ったりできるんだね」

ボクははぁ、とため息をつく。

「いったいボクをどんな人間だと思ってるんだ？　自分が悪ければ謝るに決まってるだろ」

「相手がヒトゴロシでも？」

「関係ない。自分の行いについて謝罪する必要があるなら、誰にだって謝る」

「あ、そ。歓迎会の時とかずっと冷たい態度だったし、てっきりあたしたちヒトゴロシのことなんて、ゴミ以下くらいに思ってるのかと」

「態度についてはお互い様だろ。リナもあまりいい印象はなかった」

「……それはあの場に『神気取り』がいたから。あたしはメイを守りたい。これ以上、誰かがメイを傷つけることは許さない。それだけ」

確かにリナは遊技場でメイを転ばせそうになった時、かなり心配していた。あちらの方が素の性格なのかもしれない。

そしてまた、気になる呼び名が一つ。

タツミも同じようなことを言っていたが、ニュアンスは正反対だ。

「『神気取り』というのはマコのことか？」

ボクの問いにリナとメイは黙り込むと、お互いに顔を見合わせる。

そして少し間を置いてからメイの方が口を開いた。

「……看守さん、あの人は危険です。わたしたちが犯した罪の内容だけを見たら、わたしたちもあの人も同類だと思われるかもですけど」

リナが言葉を継ぐ。

「アイツがいなかったら、あたしたちはきっとヒトゴロシにはなってなかったよ。でも、結果的にあたしたちはアイツに救われてしまった。だからこそタチが悪い」

『神』、そして『救われてしまった』という言い回しはタツミと酷似していた。

ますます囚人間の関係性がわからなくなってくる。

「リナとメイも自分の殺人を肯定するのか？」

ボクは彼女たちの話を聞いていて、疑問に思ったことを投げかけた。

メイは一瞬も逡巡《しゅんじゅん》せずにこくりと頷く。そこには確固とした意志を感じた。

「リナもわたしも、あの殺人は必要なものだったと受け入れています。わたしたちは結果として――『正当な善なる殺人』を実行した。だけどそれを誇ることはありません。ただやらなきゃいけないことだっただけです」

……そろそろボクも察しがついた。

今回のミルグラムが始まる時、ジャッカは言っていた。

囚人たちの罪は一本のドラマになっているわけではないが、あるテーマに基づいて選ばれていると。

ジャッカが言っていた、あるテーマ。

それは『正当な善なる殺人』という危険思想を根拠とした殺人に違いない。

「わたしたちにとって、全ての行いは正義でした。でも、間違っていると否定されても、異議を唱えるつもりはありません。リナとわたしが納得していれば、他はどうでもいいんです。……もちろん、ミルグラムの裁定も」

同じ思想がベースにあるとしても、メイの考えは自らの殺人を誇ると宣言したタツミとは違う気がした。

上手く言えないが、タツミは『正当な善なる殺人』に縋っており、メイは縋っていないように見えた。リナもメイと同じだ。

タツミは『神様』に救われ、リナとメイは『神様気取り』に救われてしまった。

その差が何を意味するのかはまだわからない。

「……ごめんなさい。今、わたしが話せるのはここまでです。ジャッカさんに罪の内容は話しちゃいけないって言われてますから」

「ああ、わかってる。考えを話してくれてありがとう」

ボクがそう言うと、メイはふっと柔らかく微笑を見せてくれた。

そんなメイのことを、リナは優しい表情で見守っていた。

6

食堂を後にしたボクの手の中には、可愛《かわい》らしい柄のビニールでラッピングされたカップケーキが握られていた。

「まさかもらえるなんてな」

カップケーキを眺めて、ボクはほんの少しだけ口元を緩めた。そしてすぐに表情を引き締め直す。こんな風に笑うなんてボクには似合わない。

それでも嬉しかった。リナとメイ、二名の囚人と少し距離を縮められた気がして。

しかし、あくまでボクと彼女たちの関係は看守と囚人。友人同士じゃない。

最後にボクらを待つのは、罪の開示と裁定。どう転んでも気持ちのいい結末にはならないだろう。

「……湖上はこんな気持ちで看守を続けていたのか」

改めて彼女のことを尊敬する。そして記憶がなかった頃の冷たい態度を謝りたいと思った。

ボクはパノプティコンに繋がる通路を歩いていく。一度、看守室に戻って休憩するつもりだった。

視界内に他の囚人の姿はない。

——だが、周囲には妙な雰囲気が漂っていた。

かすかな物音が背後から断続的に聞こえる。気配を消そうとしているが、消しきれていない。そんな感じだ。

ボクは平常時と変わらない動作で歩き続ける。

だが、このままでは危険だと直感が告げていた。誰かがボクを驚かそうとしているとかそういう類の気安さは感じられなかった。真剣に対処した方がいいだろう。

こういう時に限ってジャッカは近くにいない。役立たずなウサギだ。

ボクが顔をしかめた時だった。

背後の気配が隠れることをやめた。大きな足音が短い間隔で続いて、一気に距離を詰めてくる。

とっさに振り返ったボクの目に予想外の人物が映った。

「タツミ⁉」

そこにいたのはタツミ。強く握りしめた拳を振りかぶり、ボクに向かって殴りかかってくるところだった。興奮状態のようで彼の瞳孔は大きく開かれている。周辺の白目は血走っていた。

ボクが素早く身を引くと、鼻先をタツミの拳がかすめていった。

「どうしたんだ、タツミ！」

こちらの呼びかけには応じず、タツミは一直線に突撃してくる。ボクはまた拳による攻撃がくることを警戒したが、それは安直な考えだった。

囚人の腕には、凶器として有効なものが繋がっているのを忘れていた。

タツミは右手で罪の本をつかむと、左手首から伸びた鎖をピンと張り、ボクの首元に押しつけてきた。

そのまま壁際へと追い込まれたボクの首に鎖が食い込んでいく。

「ぐっ……」

息が詰まる。ボクは両手で鎖を引き剝がそうとするが、首が完全に絞まるのを阻止するので精いっぱいだった。

「……だから言っただろ、エス。『正当な善なる殺人』に気をつけろって」

ようやくタツミが口を開いた。

彼の声はひどく震えている。せわしなく動いている両目といい、明らかに異常な精神状態だ。

「なん、で……」

喉がきゅっと閉まってほとんど声が出ない。

意識が少しずつ薄れていく。

じんわりと脳の奥が麻痺《まひ》して、唇の端から涎《よだれ》が垂れ落ちた。

「──その答えは簡単だよ」

唐突に別の声がした。緩やかな足取りでその人物が近づいてくる。

「あなたがミルグラムの看守だから」

そう言って優しく笑ったのはマコだった。

彼女が油断ならない人物であることはわかっていた。

……しかし甘かった。

ここまで直接的な手段に出るとは考えていなかったし、頭のどこかでミルグラムのシステムが身の安全を守ってくれると思ってしまっていた。

「……嫌だ。嫌だ嫌だ嫌だ」

気づくと、目の前で顔を伏せたタツミが情けなく涙を流している。

「オレはもう、誰も殺したくない……っ」

「それはダメだよ、タツミくん。これは『正当な善なる殺人』に基づく正義の執行なんだから。私たちを閉じ込め、一人の看守の基準で裁判を行う身勝手な監獄は悪。その代表者である看守は法で裁けない悪そのものだよ」

「でも！」

「それとも」

マコは腰を折ってタツミの顔を覗き込んだ。

「あなたは自分を救った『正当な善なる殺人』を否定するの？」

冷えきった、無感情な問いかけがタツミを刺す。

「い、いや、オレは」

タツミは額にびっしょりと冷や汗をかいている。流れ出た涙と交じり合って、彼の顔を濡《ぬ》らしているのがもう何の液体なのか判別できなくなっていた。

その様子はまるで、タツミの混沌《こんとん》とした心の内を映し出しているみたいだ。

マコはタツミからパッと離れると、暗示をかけるように甘い語り口で言葉を紡ぐ。

「ほら、もっと力を込めて。タツミくん、あなたがこれから行う殺人は『正義同盟』が肯定する。――だから、はやく、殺して」

ボクの首を絞めつける力が一層強くなる。

だがこれはタツミの意思じゃない。マコの意思だ。

しかしそれに抗《あらが》うことはできず、タツミはボクを殺そうとしている。

そんな彼の震える唇が小さく動く。

「……エス」

タツミはボクの目と鼻の先までぐいと顔を近づけて、絞り出すように。

「――オレを助けてくれよ……」

そう言った。

あまりにも滑稽な話だ。

自分が殺そうとしている相手に助けてくれと懇願するのは、どう考えても間違っている。助けてほしいのはこっちだというのに。

しかし、それこそがタツミの奥底に隠された本音なら。

囚人を管理する看守として、ボクはそれに応えてみせよう。

――幸いなことに、時間稼ぎは成功した。

「あー、こりゃ意味わかんない状況っすね」

視界の端。通路をちょこちょこと歩いてくる小さなウサギもどきが一匹。

「ひとまずエスから離れてもらいましょうか」

次の瞬間。タツミの身体が目に見えない強い力で押されたように後方へと引き剝がされた。

鎖が首から離れたボクはその場に倒れ込むと、大きく肩で呼吸を再開する。

「は？」

初めて体験するミルグラムの介入に呆然《ぼうぜん》とするタツミ。

しかし、介入はそれだけでは終わらなかった。

タツミの両手が彼の意思に反するように動き出し、持っていた鎖で彼自身の首を絞めたのだ。強烈な強さで絞め上げられ、鎖の隙間から肉が浮き出る。

「ぐっ⁉」

タツミは床に片膝をつき、鎖を緩めようとするが、両手は意思に逆らったままのようで鎖がほどける気配はない。

「自分の管理する監獄で変な問題は勘弁っすよ。あとミルグラムをあまり舐《な》めない方がいいです。こうやってこの監獄にいる人間の脳に干渉することくらい、簡単にできますから」

そう淡々とした様子で告げたジャッカは、床に手をついたボクの前までやってくると、襲撃の実質的な首謀者であるマコを睨む。

「囚人なんて、その気になれば一瞬で殺せるんですよ」

「…………」

目の前で反撃を食らっても、マコはまだ顔に貼りつけた笑みを崩さなかった。

「……ジャッカ、助かった」

何度も咳《せ》き込《こ》みつつ、ボクは礼を言う。ジャッカが駆けつけてくれなければ、あのまま本当に殺されていただろう。

「いえ、これも監獄の管理者の仕事なんで。むしろ気づくのが遅れてしまって申し訳ないっす」

「タツミの鎖を緩めてやってくれ。この場で命を奪うわけにはいかない」

「殺されかけたっていうのにお人好しっすね。ま、ここはエスの希望通りにしましょうか。罪の本が開く前の囚人を殺してもメリットはないですし」

ジャッカがそう頷いたのと同時、タツミの首を絞めつけていた両手は力を失い、鎖がほどけた。

タツミは酸欠で一時的に意識を失ったようで、そのまま床に横倒しになる。

マコはそんなタツミの姿を一瞥して、呆《あき》れたように息をついた。

「……さっさと殺さないから、こういう厄介なことになるんだよ」

「マコ。なんでタツミを使ってボクを殺そうとした？」

ゆっくりと立ち上がったボクはそう問いかける。彼女の動機が全くつかめなかった。

「さっきも言ったはずだよ。あなたがミルグラムの看守だから。理由はそれだけ」

「看守を殺せば、裁判が行われなくなると思ったのか？　粛清されることを恐れて裁判を潰そうとしたのなら、まだ理解できなくはない」

なんとかマコの動機を理解しようと模索するボクのことを、彼女は鼻で笑って一蹴した。

「何にもわかってないね、エス。私は自分の命惜しさに動いたりしないよ」

「なら、なんで……」

「――監獄に囚人たちを集めて罪を再定義しようと驕《おご》る。そんなミルグラムの存在自体が邪魔なんだよ」

そう語ったマコは急に真顔になった。

今までずっと浮かべていた笑みは一瞬で消え失せ、ようやく本物の彼女が目の前に現れたような気持ちになる。

「ここの囚人たちはもうみんな救われている。全ての罪は肯定され、全ての罪は正義だったと結論が出ている。なのに、なぜ第三者であるミルグラムが蒸し返すの？ 囚人たちを再び苦しめようとするの？ そんな権利があなたたちにあるの？」

マコはゆっくりと一歩ずつ、ボクに詰め寄ってくる。

「私たちがおこなったのは『正当な善なる殺人』であり、私たちは自らの正義に背いてはいない。つまり、私たちは私たちの行いを『赦す』。エスが赦さなくても、ミルグラムが赦さなくても、どんな裁定を突きつけられようとも関係ない。私たちが自分を赦し続ける限り、第三者が何を喚いても、それは本質的に何の意味も持たない」

彼女が長々と説く思想は到底、社会に受け入れられるものではない。しかし、殺人を犯した人間にとっては救いの手に成り得るかもしれないとも思った。

自己正当化は自らの罪から逃避するための、もっとも簡単な手段だからだ。

「遊技場で『正当な善なる殺人』について話したよね。もしエスがあの時共感してくれていれば殺そうとは思わなかったよ。『正当な善なる殺人』を裁定の基準にして、みんなを赦すだけの看守だったら、私は反抗せずに済んだ」

「それは無理な話だ。ボクは思想の傀儡《かいらい》になるつもりはない」

ボクはミルグラムのやり方を肯定するつもりはない。だからといって、『正当な善なる殺人』を受け入れるつもりも全くなかった。

——どいつもこいつも極論に振れすぎだ。

法治というものがどれほど社会の秩序を保っていたのか、それを実感する。

タツミと揉《も》み合《あ》った時に乱れた服装を正し、ボクはマコに向かって宣言した。

「ボクはどれだけ囚人に反抗されても、看守としての役目を果たす。殺そうとしても無駄だ。必要なら何度でもジャッカの手を借りる」

「仕事っすからね。最大限協力しますよ」

ジャッカは気だるそうに息を吐きながらも、ボクの言葉に同意した。

「……本当に面倒な看守。あなたが裁定を下しても、私たちの正義は揺らがないのに」

目の前のヒトゴロシは、自分の罪をどこまでも正当化して反省する様子が見えない。

そんな人間を赦すことはできないが……有罪にし、粛清を与えたとして、それに意味はあるのだろうか。

自分こそが正義だ、と死ぬ瞬間まで信じ続ける罪人のことを、本当の意味で裁くことはできるのだろうか。

「エス。あなたには何も変えられない。無意味な存在なんだよ、あなたは」

そんな捨《す》て台詞《ぜりふ》を口にして、マコはボクにくるりと背を向けた。

未だ床に倒れているタツミを心配する素振りは全くなく、つかつかと歩き去っていく。

ボクとジャッカはその背中を苦い沈黙と共に見つめていた。

7

少しして襲撃の事後処理が行われた。

その内容はあまり納得できるものではない。

ボクに直接危害を加えたタツミは、パノプティコンの独房に監禁されることになった。

自由行動は一切不可。どうしても外に出る必要がある場合はボクとジャッカが同行する。

一方でマコには罰が科されなかった。

言葉巧みにタツミを誘導したのは明らかだったが、彼女は直接的にボクを傷つけていない。

客観的には挑発的な発言をしただけであり、監禁するのは難しいというのがジャッカの結論だった。

本音を言えば、マコにも罰を与えてほしい。

けれどいきなり囚人が二人も監禁されてしまうと、他の囚人たちが極端に萎縮してしまう懸念もある。となると、直接行動に出たタツミの処罰が優先されるのは仕方のないことだった。

何の対策もしなければ同じようなことが起きる可能性は高い。

そのため、ジャッカがしばらくの間、常にマコを監視することになった。ジャッカが目を光らせている以上、ボクが危険な目に遭うことはないだろう。

襲撃の詳細は他の囚人たちにも共有された。

タツミが監禁される以上、理由の説明はどうしても必要だったからだ。リナとメイはほんの少し顔をしかめ、トモナリは涼しげな表情を崩さなかった。反発の声が上がらなかったのは幸いと言えるだろう。

看守室の扉を開ける。さすがに疲労を感じていた。

「お疲れ様っす、エス」

脱いだマントをラックにかけている間に、ジャッカはベッドの上へ飛び乗っていた。

「……今日は散々だった」

「自分が担当してきた『エス』の中でも、かなり壮絶な初日を過ごしてると思いますよ。他のエスに自慢できるレベルっすね」

「殺されかけたことを自慢する気にはなれないな」

疲れきっていたボクは、前のめりにベッドへと倒れ込んだ。ジャッカはぴょんと跳ねて枕元に避難する。

「それでどうでした？　囚人たちと会話をして、殺されかけて、彼らのことを少しは理解できました？」

「なんとなく理解できた部分もあるし、余計にわからなくなった部分もある」

ベッドの上でくるりと寝返りを打って天井を見上げた。

「そもそもボクがどれだけ努力をしたとしても、得られるのは断片的な情報だけだ。全てがわかるわけじゃない。最終的には罪の本に頼る必要がある」

「でしょうね」

「それでも、ボクは自分の行いが無駄だとは思わない。歩み寄ることが大切なんだ」

「そうっすか」

ジャッカはいきなりジャンプすると、ボクの腹の上に両前脚で着地した。ドス、と強く圧迫されて息が漏れる。

「ぐっ……。人のことを無遠慮に踏みつけるな」

ボクの非難の声に耳を貸さず、ジャッカは胸の辺りまで歩いてくる。そしてボクの顔を見下ろしてきた。

お互い無言のまま、目が合う。

「……ジャッカ、お前は何を考えている？」

「というと？」

「ボクはお前のことを、ただやる気がなくて面倒くさがりな管理者なんだと思っていた。でも本当にやる気がないなら、殺されそうなボクを放置したって良かったはずだ」

「……」

ボクを見下ろすジャッカは、わずかに鼻をひくひくと動かすだけで何も答えない。

「やる気がないフリをして、本当は何か目的があるんじゃないのか？」

そう問うと、ジャッカは自嘲気味に目を細め、ぴょんと床へ跳び下りた。

「考えすぎっす。自分はダルい仕事を淡々とこなすウサギもどきに過ぎないですよ」

それだけを答えると、ジャッカは部屋の隅で丸くなり、目をつむった。

ボクはジャッカから視線を外し、小さく息を吐く。

同じく目をつぶると、思った以上に疲れていたのか、意識はすぐに眠りの中へと落ちていった。

結局、初日はそのまま終わりを迎えた。

そして監獄での二日目の朝。

目を覚ましたばかりのボクがパノプティコンを訪れると、白い円卓の上にトレーが置かれているのを見つけた。

リナとメイが作ったカップケーキが載っていたトレーだ。どうやら囚人たちにも好評だったらしく、カップケーキは一つも残っていない。

ボクがもらったカップケーキは執務机に置いたままだ。洗面所で顔を洗ってから、朝ご飯の代わりに食べよう。

囚人たちの独房の前を通りすぎようとした時、ふとタツミの姿が目に入った。

彼は独房内の簡素なベッドに座ったまま、小さな電球の明かりで文庫本をじっと読んでいた。

やや神経質なくらいに文字を追っている。瞬《まばた》きはほとんどしておらず、少し怖さを感じた。

リナ、メイ、トモナリはまだ独房で寝ている。リナとメイは鎖の関係上、片方の牢屋の中に置かれた一つの大きなベッドを二人で使っていた。マコの姿はどこにもない。

静まり返ったパノプティコンの中で、タツミはページを繰り続ける。ボクが部屋に入ってきたことにも気づいていないようだ。

タツミには声をかけず、そのまま生活エリアへと移動した。寝起きの頭では何を話せばいいか思いつかなかったからだ。

電気の消された洗面所に到着して照明スイッチを押す。蛇口を捻《ひね》り、流れ出す水をぼんやりと見つめる。そうしているうちに少しずつ覚醒してきた。

昨日、タツミはボクを殺そうとし、罰として独房に監禁となった。しかしボク個人の話をすれば、彼への心証がひどく悪化したわけではない。

あの凶行はどう考えても、マコに誘導されたものだったからだ。

ここで大切なのは、なぜタツミがあそこまでマコの言いなりになっていたか、だ。

それをきちんと考えることこそ、ミルグラムの看守の仕事だと思っている。

どんな人物だって何かしらの弱みを持っている。

長い年月を生きてきて、自分の行いをたったの一つも後悔したことがない人間は極めて希少だ。ほぼいないと言ってもいい。

そしてミルグラムに来た囚人たちは殺人という、大きな弱みに成り得る行為をしている。マコが他の囚人を操ろうと考えた時、狙う部分はそこだろう。

結局は全てタツミの罪に繋がっている。ボクがするべきなのはタツミを糾弾することではなく、彼の罪と向き合うことだ。

蛇口から出る冷たい水を両手で掬《すく》って、ボクは強めの力で顔を洗う。

洗面所には使い捨ての歯ブラシと歯磨き粉だけが置かれており、洗顔料のような気の利いたものは用意されていない。もしかしたら、ジャッカに支給品申請を出せばもらえるのかもしれないが。

支給品の存在を思い出すと同時に、ボクの中にふと疑問が湧き上がる。

タツミがずっと握りしめている文庫本のことだ。

最初はただ暇つぶしに取り寄せただけかと思ったが、さっきあの本を読んでいたタツミの様子はおかしかった。

わざわざ支給品として取り寄せたのには何か理由がある気がする。

ジャッカの言葉を信じるなら、タツミの罪の本が開くのは今日の午後だ。

それまでにしっかりタツミと話しておこう。

そう決めたボクは身だしなみを綺麗に整え、洗面所を後にした。


「その本、何が書かれているんだ？」

看守室に戻ってカップケーキを食べた後のこと。

パノプティコンの独房を訪れたボクは、頑丈な鉄格子を挟んでタツミに直球で訊ねた。

タツミはさっきと全く同じ姿勢で文庫本を読んでいた。

近寄って初めて気づいたが、彼の両目は異様に血走っていた。文字列を追うように視線だけが動き続けている。

パノプティコンの屋内バルコニーで会話をした時は、ここまでひどい状態じゃなかった。昨日の襲撃をきっかけに、タツミの心はバランスを崩してしまったように思える。

「タツミ。その本、何が書かれているんだ？」

返事がないので、ボクは同じ言葉を再度投げかけた。

すると、タツミの目元がほんのわずかに歪む。そして文庫本から目を離すことなく、彼はぽつりとつぶやいた。

「……聞こえてるっての」

「なら、返事くらいしてくれ」

ようやくタツミの顔がこちらを向いた。血走った目、乱れた髪、うっすらと残った首元の鎖の痕。ずいぶんと幽霊じみた外見になっていた。

「その姿、暗がりで出会ったらさすがのボクでも叫びそうだ」

「……なんで、そんな普通にしてられんだよ」

タツミはぎりっと歯を噛みしめる。

「オレはお前を殺そうとしたんだぞ。そんな相手に気安く話しかけんじゃねえ。また襲われるかもしれねえだろうが」

「それはないな。断言してもいい」

「だから、なんでだよ！」

鋭く叫んだタツミは勢いよく立ち上がって、鉄格子を両手で強くつかんだ。罪の本が音を立てて床に落ち、鎖の音が派手に鳴る。それを聞いたタツミの手はびくりと怯えるように震えた。

「――今、タツミがそんな姿になっているのは、ボクを襲った後悔に苛《さいな》まれているからだ。違うか？」

「それは……っ」

タツミは動揺した様子で言葉に詰まる。

「ボクを襲ったことをまるで後悔していない人間なら、きっと笑って会話に応じるさ。だがタツミは違う。現実逃避で本に没頭し、凶器として使った鎖の音に怯える。自分の行いを悔やんでいなければ、そんな行動や反応はしない」

「……」

タツミはがくりと脱力するように項垂《うなだ》れた。

両手を鉄格子から離し、その場で棒立ちになる。

「……すまねえ、エス」

小さく。本当に小さく、タツミはそう言った。

「オレはどうしようもないクズ野郎だ。マコの命令にはどうしても逆らえなかった。逆らったら、オレは自分の殺人を肯定できなくなるから。そして自分の殺人を肯定できなくなったら……オレはきっと生きていられない」

タツミは屋内バルコニーで自らの殺人を誇り、肯定していると言った。しかしそれは倫理観が捻《ね》じ曲《ま》がった人間だからではない。

そうしなければ、とても生きていけないから。ヒトゴロシの重圧を抱えきれずに押し潰されてしまうから。

だから、タツミは殺人を誇る。

誇るしか選択肢がないのだ。

「タツミ、『正義同盟』っていうのはいったいなんだ？」

ボクは別の質問をした。

それは過去の光景の中でタツミがつぶやいた名称だ。

そして襲撃の際、マコも同じ名称を口にしていた。

『正義同盟』と聞いた瞬間、タツミの表情は暗くなる。

「……『正義同盟』は『正当な善なる殺人』に賛同した人間たちの総称だ」

「そういう団体が存在したということか？」

「いや、その認識は少し間違ってる。『正義同盟』は明確な組織として形成されていたわけじゃない。どういう言葉が適切だろうな……概念的集合体、運命共同体？　いやもっと簡単でわかりやすく……」

少し頭を悩ませたタツミは不意に頷く。

「ああ、そうだ――SNSのハッシュタグ。それが一番近いかもな」

「ハッシュタグ？」

「緩い繋がり、同じ思想を持つ集団への帰属意識。それを自覚するための名称だ。一人一人が殺人を犯しても、それらは個別の殺人事件に過ぎないだろ。だが『#正義同盟』ってラベリングすることで、起こした事件は自分の殺人ではなく、『正義同盟』の殺人になる。殺人ハードルを下げる責任転嫁のシステムだ。そして一時期、『正義同盟』の話題は主にネットで拡散された。流行ミームのような気軽さでな」

タツミの言っていることが全く理解できないわけではない。しかし、彼の話には大事な前提が抜けている。

「……『正当な善なる殺人』にしても、『正義同盟』にしても、そんな危険なものが世の中に広まる光景は想像できない。あまりにもモラルが欠けている」

「何言ってんだ、エス。『正義同盟』が現れる前からネットにモラルなんてなかったろ。そこ攻撃できそうな人間を晒《さら》し上《あ》げて、匿名の奴らが正義の名のもとに袋叩きにする。そこに法治国家の姿はねえ。『正義同盟』も本質は変わらねえよ。ネット越しに殺すか、実際に殺すかの違いだけだ」

咳払いをしたタツミは話を続ける。

「もちろん、実際に起きた事件は数十件くらいだろうよ。数千件とか数万件とか、そんなファンタジーみたいな単位じゃねえ。だが確実に影響を受けた人間はいた。それが問題だ」

ボクはタツミの言い回しにかすかな違和感を覚えた。

今までの状況から、タツミも『正義同盟』側の人間のはずだ。だがそれにしては『正義同盟』に対して、否定的なニュアンスが交ざっている気がした。

「一つ確認させてくれ。タツミも『正義同盟』に影響を受けて殺人を犯したということでいいんだよな？」

「は？　オレ？」

タツミはきょとんとした顔をして、それから寂しそうに笑った。

「ああ、そう見えるよな。そりゃそうだ」

「……違うのか？」

「それは――」

と答えようとしたタツミだったが、何かを感じ取ったようで口を急に閉ざした。

「悪い、エス。これ以上詳しく話すとヤバい気がする。たぶん、罪の詳細を話すなっていうウサギ野郎の命令に違反するんだと思う。さすがにもう自分の鎖で首を絞められるのはゴメンだ」

「わかった。無理に話さなくていい」

そう言ったものの、ボクの思考は軽い混乱状態に陥る。

タツミが『正当な善なる殺人』によって殺人を犯したわけではないのなら、なぜ彼は『正義同盟』に組る必要があるのか。

確認をしたことで余計に疑問が増えてしまった。

「それなら話題を変えよう」

「まだあんのかよ？」

「一番最初に聞いた質問の答えをまだもらっていない。その本には何が書かれているんだ？」

ボクが指さしたのは、簡素なベッドの上に放り出された文庫本。昨日視た過去の映像の中にも血に濡れた文庫本が出てきた。同じ本かどうかはわからないが、無関係というわけでもない気がしていた。

「そういえば答えてなかったな」

タツミはゆっくりと振り返ると、ベッドの上の文庫本を見つめる。

「別に特別な本じゃねえよ。ただの恋愛小説だ。どこまでも純粋で、夢見がちで、ため息が出るような」

「そういう小説が好きなのか？」

「ちげえよ。知り合いがあの本と同じものを肌身離さず持っててさ。すげえ好きだったんだよ。だから――まあ、暇つぶしだ。特に意味はねえ」

血だまりに沈んだ女性の姿が脳裏に蘇《よみがえ》る。

文庫本は彼女と共に血だまりの中に落ちていた。

おそらく、タツミの言う知り合いとは――。

「……少し嫌なことを思い出しちまった。エス、この辺で勘弁してくれねえか？」

穏やかな口調でそう言ったタツミだったが、額に脂汗が浮き上がっているのをボクは見逃さなかった。

どうやらタツミのトラウマに踏み込んでしまったようだ。

タツミはボクの返答を待たずに、独房の奥へふらふら歩いていくと、どさりとベッドに横たわる。

会話で聞き出せるのはこの辺りが限界だろう。タツミの精神を無遠慮に傷つけることを望んではいない。

「協力に感謝する。罪の本が開くまで、少しでも休んでくれ」

ボクがそう告げて去ろうとした時。

「……そうだ。大事なことを言い忘れてた」

タツミがボクを呼び止めた。

「どうした？」

「オレもここに来て初めて知ったんだ。そしてそれを知っちまったから、オレはいいように使われるしかなかった」

彼はほんの少しだけ躊躇《ためら》いを見せてから、覚悟を決めたようにその続きを口にした。

「――『正当な善なる殺人』を世の中に広めて『正義同盟』を形成したのは、マコだ」

8

看守室の執務椅子に座ったボクは、しばらく何もない壁を見つめていた。

パノプティコンでの、タツミの最後の言葉が耳から離れない。

この監獄で飽きるほど聞いた『正当な善なる殺人』、それを世間に広めたのが本当にマコだとすれば、囚人間に存在する上下関係も説明がつく。

タツミの説明を聞いた限り、『正義同盟』の本質はカルト宗教に似ている。過激な思想を説く教祖と、それに縋る信者たち。それをネット上の緩やかな連帯によって再現したものが『正義同盟』だと言っていいだろう。

マコの罪はネットを介した大量の殺人教唆の線が強い。

しかしその目的は全くわからなかった。

神のような存在になりたかったから？　それとも本当に己の正義のためなら、他人を殺してもいいと思っている？

どんな理由にせよ、赦せる気がしない。

ボクが深く息を吐いた時、看守室のドアが自動で開いた。囚人は看守の許可がなければ入室できない。ということは、来訪者は自然と特定される。

「エス、審判の準備が整ったっす。今から三十分後、タツミの罪の本が開かれます」

牡鹿のような角を生やしたウサギもどきは、今日もだるそうにあくびをしていた。

「ずいぶん眠そうだな」

「エスが眠っている間も、マコのことをずっと監視してましたからね。本当はこんな長時間の労働、嫌なんすよ？　感謝してほしいっす」

「それについては頭が下がるばかりだ。ありがとう、ジャッカ」

元はといえば、監獄の安全設計に穴があるのが問題だが、ジャッカはその穴を睡眠時間と引き換えに埋めてくれている。

ここは素直に感謝しておくべきだろう。

「それにしても、あと三十分か……」

三十分後、囚人番号NO．1『タツミ』の審判が始まる。

罪の本が開かれるところは今まで何回か見てきた。自分自身の罪の本が開かれた経験もある。

だが自分が裁定を下す立場として、あの白い円卓につくのは初めてだ。

少し気が重い。昔のボクだったら、もっと冷たい態度でこなせただろう。

だけど今のボクは変わってしまった。

人間の尊さを少しずつ理解し始めている。

「ジャッカ。一応の確認だが、赦さなかった囚人に与えられる粛清の内容は、前回と同じで間違いないな？」

「ええ。有罪になった囚人はその場で処刑されるっすよ。大量の血を撒き散らす例のやり方です。正直、自分はあのエグい光景は趣味じゃないんですけどね。罰がないと、囚人も真剣にならないので、必要な演出っす」

「演出か。命を軽視した言い回しだな。……できるだけ粛清は与えたくない」

ジャッカはにやついた表情で言う。

「あんたが情を見せるなんて、ずいぶん人が変わったっすね。エス」

「どうやら人間っていうのは変わる生き物らしい。最近知ったことだ」

「ま、いいんじゃないすか。冷たいだけの人間が好かれることなんてないですからね」

そうして、ジャッカは少しかしこまった態度で言う。

「さて、そんじゃ準備をお願いします。看守が審判に遅れちゃ、カッコつかないっすから」


パノプティコンには、すでに囚人五名が勢揃いしていた。

リナとメイはあまり興味がなさそうで、トモナリは相変わらず涼しげな表情をしている。

そしてマコは無表情で席に座っていた。

今日は場を荒らす気配はない。審判を邪魔したところで、タツミと同じ目に遭うことを理解しているのだろう。

装飾の施された看守用の椅子に腰かける。

この場所に座ると、超巨大な罪の書架に囲まれていることを意識してしまい、重圧を感じる。

ボクは視線を今日の裁定対象――タツミに向けた。

監禁処分を解かれた彼は、緊張と恐怖が混じった面持ちで席に座っていた。

「タツミ、今の気分は？」

「んなこと、聞くまでもねえだろ……最悪だ」

「全員揃ったっすね。では、少しだけ真面目にいきましょう」

大きくジャンプして円卓に飛び乗ったジャッカは、事務的な口調に切り替えて続ける。

「今から最初の審判を開始する。対象の囚人はタツミ」

ジャッカが右前脚で天板をトン、と軽く叩く。

それに反応するように、円卓の中央部分が変形していき、ちょうど罪の本を開いて納められるサイズのくぼみが現れた。

「このくぼみに罪の本をセットすることで、対象囚人は自分の罪の内容を語る仕組みになってます。この円卓は強制的に罪の告白を行わせる装置ってことっすね。んじゃ、始めましょうか」

ジャッカはタツミの方を向き、そして冷たい声で宣言する。

それは聞き覚えのある言い回しだった。

「──罪の本が開く。囚人番号NO．1『タツミ』。罪名【自己洗脳の罪】」

同時、タツミの罪の本に絡みついていた鎖がするするとほどけていく。そして音を立てて床に落ちた。

ジャッカは円卓の上に置かれていた罪の本をタツミからかすめ取ると、両前脚で器用に本を開き、くぼみへとはめ込む。

次の瞬間、タツミの罪の本が紫色の強烈な光を放った。

何度も見た光景だ。周囲に拡散した紫色の光が意思を持っているかのように、うねりながらタツミへと急接近し、彼の全身を包み込んでいく。

「……な、なんだ？　おい！　大丈夫なのか、これ！」

混乱したタツミが大声を出し、必死に手で光を追い払おうとするが、逃げることはできない。

紫光はタツミの全身に浸透していき、そうして彼の瞳は紫色に輝く。

周囲の囚人たちは多かれ少なかれ、動揺した気配を見せたが問題はない。これが罪の本の正常な動作だ。

「………………」

一切の抵抗をやめて脱力したタツミは、ただぼんやりと目を開けただけの状態になった。

ボクも実際に経験したからわかる。

罪の本から放たれるあの紫光に包まれると、意識はほとんどなくなり、自由に身体を動かすこともできなくなる。

その一方で自分の口は勝手に開き、自らの声色で罪の本の内容が語られていく。

厄介なことに、その声だけは頭の中にしっかりと響くのだ。

目を背けたくても。

耳を覆いたくても。

全ては叶《かな》わず、自分の罪が目の前に突きつけられる。

ずっと隠していた心の奥まで暴かれて、大きな痛みが、悲しみが、後悔が、怒りが、精神を苛む。

——だがその過程の末に、ボクは救われた。

願わくば、タツミにも同じような救いが一欠片《ひとかけら》でも訪れることを。

紫の輝きを帯びた瞳で、タツミは抑揚なく読み上げる。

「囚人名『塩野《しおの》龍海《たつみ》』。罪名【自己洗脳の罪】。記述内容を開示」

今までの不安そうな様子はさっぱりと消え去り、今やタツミは淡々と罪の本の内容を語るだけの装置となった。

ボクはその語りに耳を傾ける。

自らの殺人を誇り、肯定せざるを得なかったタツミの罪が明らかになる時がきた。

どうしてヒトゴロシになったのか。

どうしてミルグラムに連れてこられたのか。

彼を『赦す』のか、『赦さない』のか。

その判断は全て、看守であるボクに委ねられている。

罪の本　タツミ

囚人名「塩野龍海」
罪名【自己洗脳の罪】
記述内容を開示。

バカでかい第一講義室は、出席している学生の数と広さが合っていなかった。何百人も座れるほどの座席があるが、全体的に学生の姿はまばら。実際には百人もこの場にいないんじゃないかと思う。

しかし、この講義を受講登録している学生は本来二百人を超えるそうだ。

つまり半数以上の奴らはサボっている。

その証拠に、単位を取るのに必要なテストの時だけ、この講義室に大量の馬鹿共が押しかけてくる。そのなんとも醜い光景は吐き気を覚えるほどだ。

白髪の男性教授のしゃがれた声がピンマイクを通して室内に響いている。

しわだらけの顔から小さな目が二つ、学生たちを見るでもなく講義室の奥の方をぼうっと見つめていて、本筋から離れたどうでもいい身の上話をつらつらと語っていた。この文学の講義では日常茶飯事の光景だった。

本音を言えば、サボっている奴らの方がオレよりも要領が良いのだと思う。

この講義は出席率が単位や成績に影響しないし、毎年同じ問題が出されるテストの内容は先輩からメッセージアプリで共有されている。

そして出席したとしても、講義時間の半分以上は教授のどうでもいい話で浪費される。時間の無駄だ。

それでもオレは、巨大な第一講義室の一番前の机に陣取って教授の話を聞く。

昔から決められたルールを破るのが苦手だった。

ルールを守らないのは、悪いこと。

そう。言い換えれば、オレは「悪いこと」をするのが嫌だった。

それがたとえ、ちょっとしたイタズラだったとしても。

サボりのような、他の誰かに直接迷惑をかけない行為であっても。

悪いことはしない。正しいことだけをする。

深夜で周りに誰一人いない時も、短い歩道の赤信号を律義に待つ。

それがルールだ。

後ろからやってきた人間が信号を無視して歩道を横断していく。オレの体感では八割くらいの人間がそうだった。

それでもオレは誰もいない夜道で赤信号と向き合い続ける。誰のために待っているのか、まるでわからなくなっても。

そうやって生きてきたオレは、周囲からクソ真面目と揶揄されることが多かった。だけどその指摘は間違っている。オレが正しい行いを続けるのは、余計な責任を負いたくないからだ。

ルールから逸脱しなければ、誰からも責められることはない。しかし、少しでもルールから外れれば、何かあった時は自分の責任になる。

ちょっとしたイタズラで相手が激怒してしまったり、急に講義への出席率が評価基準に加わって単位を落としたり。

そういうことが嫌なだけだ。

進んで正しいことをする、本当の真面目な人間とは違う。

教授の話はどんどんと脱線していく。オレはなんでこんなところにいるんだろう、と最前列の席に腰かけながら思った。

最前列に座っているだけでも、周囲から見るとクソ真面目な奴に映るだろう。後ろの席に座ると、学生同士がひそひそと私語をしているのが気になってイラつくという理由でここを選んでいるだけなのだが。

手持ち無沙汰なので、軽く辺りを見回してみた。

オレは最前列の右寄りに座っている。最前列に好んで座る学生はほとんどおらず、がらんとしていたが、最前列の左端に一人だけぽつんと女子学生がいた。

直接話したことはない。しかし、彼女はこの講義で毎回あの場所に座っているから、すっかり顔を覚えてしまった。顔立ちは平凡で、化粧も控えめ。いつも地味な服を着ていて、黒い髪は腰下まで伸びている。

彼女は真面目に授業を受けているのか、それともオレみたいにリスクに怯えているだけか。

やがて興味を失ったオレは女子学生から視線を外すと、ただぼうっと微睡《まどろ》む。教授が指摘してくることはない。

そうして退屈な講義の時間は過ぎていった。

ある日、いつも通り文学の講義を受けにいくと、第一講義室の様子が普段とほんの少し違っていた。

講義の後、大規模なセミナーが行われるようで、座席の左半分三列目くらいまでその資料が積み上げられていた。前の方の座席など、誰も使用しないはずだと大学職員まで思い込んでいるようだ。呆れる。

幸い、オレがいつも座っている場所は資料の山に呑《の》まれていなかった。

席に座ってから気づく。あの女子学生は今日、どこに座るのだろうか。

ちょうどそのタイミングで、彼女が第一講義室の後ろの扉から入ってきた。

自分のお気に入りの場所が資料の山で埋め尽くされていることにはまだ気づいていないらしい。

まっすぐいつもの場所に歩いていった彼女はだいぶ近づいたところで、自分の定位置が資料の山で潰されているのに気づいたようだ。

すると、いきなりおろおろと慌て出し、周囲をキョロキョロと見回す。オレは思わずふっと吹き出してしまって、すぐに口元を手で隠した。

結局、彼女は最前列に沿う形でこちらの方におそるおそる歩いてくる。座る場所を探しているようだ。

後ろに下がるわけではなく、あくまでも最前列に座るつもりらしい。最終的にオレから数席離れたところにちょこんと座った。

しばらくすると教授がよろよろとやってきて、ゆったりと講義が始まる。

オレは近くに座った女子のことが気になり、ちらりと視線を向けた。

彼女は律義にノートを広げ、教授の言葉をメモしている。どうやらしっかりと講義を聞いているようだ。形だけのオレとはだいぶ違う。

ノートの傍らには一冊の文庫本が置かれていた。

文学の講義を真面目に受けるくらいだから、小難しい純文学の類かと思ったが、表紙をよく見ると、映画化もされて流行《はや》っている恋愛小説だった。

本についている帯には「純愛」の文字が大きく書かれていて、どうやらそれが作品のテーマらしい。

純愛。いまいちピンとこない言葉だ。

オレは大学に入るまで外見に気を遣わず、性格もかなり内向的だった。おかげで恋愛とは全く縁がない。

大学で生まれ変わろうと、髪をワックスで固め、話し方もなるべくフランクになるように気をつけた。しかし、あまり成果が出たとは言えない。

どこかずれているのだろうということはなんとなくわかるが、プライドを捨てて誰かに教えを乞うことはできなかった。

そんなことを考えている間、オレはずっと文庫本を見つめ続けていた。

ふと気づくと、不思議そうな表情で女子がこちらを見ていた。

今更、露骨に目を逸らすこともできず、困ったように何度か瞬きをすると、女子はくすっと笑う。

そして文庫本を差し出して言った。

「読みます？」

それが最前列にいつも座っている女子学生——詩織《しおり》との交流の始まりだった。

それからしばらくして、オレと詩織は並んで座るようになっていた。

最初は、結局借りてしまった恋愛小説の感想を伝えるために、詩織の隣に座ったのだが、そのうち横並びでいるのが普通になった。わざわざ離れて座る方が変な空気になりそうだったからだ。

詩織から借りた件《くだん》の恋愛小説は、最後まで読んでもやっぱり良さがわからなかった。

どこまでも相手を想って行動し、その結果としてすれ違いや複雑な問題に発展する。

そしてそれを乗り越えて結ばれる男女。そんな内容が感動的に描かれていたが、心が揺れ動くことはなかった。

ただエンタメとしては、そこそこ面白かったと思う。

オレに恋愛経験がないから、「純愛」と呼ばれるほどの真摯な恋愛模様を見ても、そこまで響かなかっただけだろう。

それを証明するのが詩織の反応だった。

「この本、すっごく良かったよね！　こんな恋愛、憧れる！」

そうやって目を輝かせている詩織に、オレの感想を伝えるのはかなり気が引けた。

しかし上手くはぐらかすのも苦手だったので、最終的には正直に感想を伝えるしかなかった。

幻滅されるかと思っていたが、詩織の反応は意外と冷静だった。

「塩野くんも好きな人ができれば、きっとわかるよ」

と、彼女は優しく微笑んでくれた。

このやりとりだけを切り取ると、まるでこれこそ恋愛小説の序章のように思えるかもしれない。

だがそれはあり得ないことだった。

なぜなら、詩織にはすでに好きな人がいたからだ。

同じサークルの先輩だという。写真を見せてもらったが、かなり見た目の良い男だった。

もしかしたら、オレの心の奥底には詩織への恋心があったのかもしれない。しかしそれを表に出すことも、強く意識することもなかった。

——出会うのが遅すぎた。

その一言でオレは無意識に恋を諦めていた。

詩織は理想の恋愛を手にするため、努力していた。

オレの中では地味でおとなしい女子という印象が強かったが、恋愛においては意外な積極性があった。

憧れの先輩とたくさん話して仲良くなり、ついにはデートの約束を取りつけたらしい。

詩織はあの恋愛小説がとても気に入ったらしく、ずっと持ち歩くようになっていた。

時間がある時は本を開き、この場面みたいな素敵なデートがしたい、と楽しそうに彼女は語った。

オレは詩織の恋が進展するたび、素直に祝福していた。

……本当はその辺りで気づくべきだったのだろう。

詩織が少し異常なまでに、恋愛に執着していることに。

その一週間後、先輩と楽しいデートができたと詩織から報告を受けた。


それからしばらく、詩織の口から恋愛の話題が出ることはなかった。オレから聞くこともないので、会話は大学の日常に関するものが中心となっていた。

詩織との会話が途切れたので、オレはスマホを眺める。ネットニュースの見出しをスクロールしていくと、あるところで手が止まった。

それは最近、ネットを騒がせている『正義同盟』についての記事だった。

『正当な善なる殺人』という危険極まりない思想を掲げた『正義同盟』は今、ネットの世界を越えて話題になり始めている。

少し前までは、ネットの物好きたちが騒いでいるだけだったというのに。

見出しをタップして記事を開く。

そこには『正義同盟』の思想が拡散されていくまでの経緯が書かれていた。オレも一時期、興味があって調べたから大体のことは知っていた。

まず前提として、『正義同盟』が誕生したのは別の大事件がきっかけだったと言われている。

その事件は「色々な圧力が要因で警察が逮捕できない殺人犯を、一人の女子大生が独自調査をして追い詰め、正義の名のもとに殺した」という内容だった。

世間がどよめく中、『正義同盟』はその事件を拡張する形で登場したのだ。

拡散初期、『正義同盟』は様々なネットサービスを通じて、『正当な善なる殺人』を発信していった。

大手の動画サイトでは視聴者に思想を伝えるための動画が何本も公開された。各種のSNSでも媒体に合わせて、画像や文章がバラまかれた。

拡散のメインだった動画は、肉声ではなく、音声読み上げソフトを用いて作られていた。

内容は『正当な善なる殺人』の思想の中核である【世の中には司法で裁けない悪が存在する。司法で裁けない以上、他の誰かが裁きを下すべきだ。たとえ殺人という極端な手段を用いても】を直接的かつ真面目に語るようなものから、たくさんのイラストを使った寸劇形式を採用して、裁けない悪を殺すまでの過程を面白おかしく表現しているものまであった。

前者は世の中に強い不満を持っている大人に向けられており、後者は刺激を求めている若者たちに向けて作られていた。

裁けない悪の例として挙げられる対象も、当時失言で炎上していた政治家だったり、不倫問題で叩かれていた芸能人だったりと、視聴する層に合わせて細かく変えてあった。

そうやってターゲットごとに異なるコンテンツを用意している点は素直に感心した。

しかし、色々と趣向を凝らしたところで『正当な善なる殺人』という危険思想が一般大衆にすんなり受け入れられるはずがない。

通報されたアカウントやコンテンツ群はどんどんと削除されていった。それが普通の反応だ。

一方で、過激なものを好む一部の人間たちは『正義同盟』を面白がって見ていたのも事実だった。

動画はアングラなサイトに次々と転載されていき、ネットに残り続けた。

また『正義同盟』自体もアカウントを変えて、『正当な善なる殺人』をネットに撒き続けていた。

その時のオレには『正義同盟』の行動が理解できなかった。どうやったって『正当な善なる殺人』が社会に浸透することはない。

なのに、なぜ同じようなことを続けるのか。

だが今ならわかる。

そもそも『正義同盟』は多くの共感を得る必要がなかった。

興味を示さない人間がほとんどの中で、一人でも賛同者が生まれれば『正義同盟』の目的は達成だったのだ。

――そして決定的な事件が起こる。

『正義同盟』が活動を開始して一カ月が経過した頃。

ＳＮＳ上に一人の人物が現れた。

その人物は『正義同盟』の思想に感化されて、自分は『正当な善なる殺人』を犯したと告白した。

続けて投稿された十数秒の短い動画には、夜の森のような場所で頭から血を流している人物が映されていた。近くには血がべっとりと付着した大きな石も転がっていた。

ネット上での殺人宣言。

それをネットの人間たちが放っておくわけがない。

正論で叩く奴、感情で喚く奴、ただ悪者に罵詈雑言《ばりぞうごん》をぶつけたい奴。

そういう人間が大挙して押し寄せた。

一度炎上すれば、色々なアカウントが面白おかしく騒ぎ立て、拡散し、物事はどんどん大きくなっていく。

それが真実かどうかという検証は置き去りにしたまま。

実際、投稿された動画は夜ということもあって、映像としてはかなり不鮮明だった。森で殺したというシチュエーションにも疑問が残る。

ネットの一部ではフェイク動画ではないかという声も上がっていたが、それじゃ炎上を楽しみたい人間たちは面白くない。だからそういう意見が大きく注目されることはなかった。

そのうち殺人の発端となった思想として『正当な善なる殺人』が話題に上るようになり始めた。

インフルエンサーまで言及するようになると『正当な善なる殺人』はネットを中心に爆発的に拡散され、今まで見向きもしなかった大衆の中に根づいていった。

まるで思想を汚染するウイルスのように。

そこまでの流れを見ていて、オレはようやく気づいた。

『正義同盟』は最初から自身の力のみで、『正当な善なる殺人』を世の中に広めようとしていたわけじゃなかったのだ。

思想に影響を受けた人間がただ一人でも殺人を犯せば、あとは自動的に大衆が群がるように仕向けた。

ネット上で殺人宣言をした奴も本当に実在するのか怪しかった。炎上からしばらくして、アカウントは削除された。その後、誰かが逮捕されたという話は聞かない。だがもうその真偽なんて、みんなどうでも良くなっていた。

皮肉な話だ。ネット中に広まった『正当な善なる殺人』は、本物の賛同者を次々に生んだ。

どんなにぶっ飛んだ思想でも、十万人に一人くらいは共感する奴がいる。百万人に一人は実際に行動に移す奴がいてもおかしくない。『正当な善なる殺人』を知っている母数が多ければ、その分賛同者も増える。

そうして現在、『正当な善なる殺人』の思想に従って、殺人を犯し、自分は『正義同盟』の一員だと主張する事件が数件発生しているのだった。

ふと気づくと、隣に座っていた詩織がオレのスマホの画面をじいっと見つめていた。大きく目を開き、瞬きもせず、感情もなく。

背筋が凍る。明らかに正常ではない。

「詩織」

オレが声をかけると、詩織はいつもの優しげな表情にパッと戻った。

「あ、ごめんね。スマホ、勝手に覗いちゃって」

「いや、それはいいけど。それよりもお前――」

「教授が来たよ。講義の準備しないと」

詩織は強引に話題を変更した。

確かに教授がのろのろとした足取りで教壇に向かっている。

タイミングが悪い。オレは小さく舌打ちをした。

結局、さっきの詩織のおかしな態度について問い詰めることができないまま、講義が始まる。講義が終わったら、少し詩織と話をしよう。

はっきりとさせなければいけない。

詩織の態度が急変した理由が『正義同盟』を嫌悪しているからなのか、それとも……『正義同盟』に惹かれているからなのか、を。

その日の講義は時間の進みが特段遅かった。

いつも退屈で長く感じていたが、その比じゃない。何度もスマホの時計を確認したけれど、数分も経《た》っていなかった。

そしてようやく講義があと数分で終わるというタイミングで。

詩織が唐突に立ち上がった。周囲の学生の視線が集まる。教授だけは何も気にせず、ぼんやりとした様子で講義を続けている。オレは自分の中の嫌な予感がどんどんと大きくなるのを感じていた。

詩織は無言で席を離れると、講義室の後ろの扉から出ていく。

バタン、と大きな音がして扉が閉まった。

どう考えても普通じゃない。しかし、オレはすぐに立ち上がって詩織を追うことはしなかった。講義を途中で抜け出すのには強い抵抗があった。

オレはこんな時でもルールを破ることができなかった。

あと数分で講義は終わる。たった数分だ。講義が終わってから詩織を探しても問題ないだろう。

そもそも詩織の様子がおかしかったのも、ただ体調が悪かっただけかもしれない。だから講義を早退した。それで筋は通っている。

オレは頭の中で長々と言い訳を考え続けた。

気持ち悪い。

本当は詩織の後をすぐ追うべきだと思っているのに、ここに座り続ける意味を無理やり探している。自分のこういうクソ真面目なところが本当に嫌いだった。

オレはそのまま自分を数分間、席に縛りつけた。

そして教授が講義の終了を告げた瞬間、急いで講義室を飛び出す。

詩織に電話をかけたが繋がらない。キャンパスの中には学生たちが集まる大きなラウンジがある。詩織もラウンジの片隅であの文庫本を開き、よく時間を潰していた。

詩織が絶対にいるという確信はないが、行き先を決めずに走り回るくらいなら、ラウンジを目指した方がいい。

オレは息を切らしながら駆けていく。

そしてラウンジに足を踏み入れた時。

——最初に視界に飛び込んできたのは、人だかりだった。

しかし、詩織とその人だかりに関係があるとは限らない。オレは周囲の人間を力ずくで押しのけて、その中心へと突っ込んでいく。

すると。

唐突に人だかりを抜けてしまった。

あまりにあっけなかったので、思わず前のめりに倒れそうになる。

どうやら野次馬たちは円形にぐるりと囲む形で、何かを遠巻きに見ていたようだ。

オレもその「何か」に視線を向ける。

「……なんでだよ」

思わず漏れた自分の声は悲しく揺れていた。

「お前の憧れてた純愛っていうのは——」

ラウンジの丸テーブルと椅子がいくつも倒されている。激しく揉み合った現場そのものだ。

「——そんなんじゃないだろ」

そこに立っているのは一人の女子学生。

折り畳みナイフを手にし、返り血を浴びた——詩織だった。

足元には彼女が好きだと言っていた、例の先輩が倒れていた。腹部から大量の血が流れ出している。

「遅かったね、塩野くん」

寂しげな様子で詩織は小さく笑った。

「講義がちゃんと終わるのを待ってから私のことを探しにきたんでしょ。本当に真面目だよね。塩野くんがそういう性格だって知ってたから、私はあえて講義が終わるちょっと前に講義室を出たんだ。なんだか引き止められそうな雰囲気だったから」

「そんなことはどうでもいい！　詩織、お前なんで……」

オレは倒れた先輩に目を向ける。詩織がやったのは明白だ。

彼女は折り畳みナイフの真っ赤な刃を眺めてつぶやく。

「……先輩は私のことを好きだと言ってくれた。初デートだってとっても楽しかった。だけど知っちゃったんだよ。同じサークルの子がこっそり教えてくれたんだ。先輩が他にもたくさんの女の子に全く同じことを言ってたってこと。別の大学の子だったり、飲み会で出会った社会人だったり、挙句の果てにはバイト先の女子高生だったり。甘い言葉をかけて、何回か抱いて、飽きたら捨てる。そんなことをずっと繰り返してるんだって。私もその中の一人にすぎなかった」

詩織はオレを正面から見据える。

「そのことを問い詰めたら、先輩、なんて言ったと思う？　『金やるから黙って俺と別れろ。お前の替えなんて腐るほどいる』だってさ。最低すぎて笑っちゃうよね」

今まで見たことのない暗い目つきで、詩織は床に転がった先輩を睨みつける。

「だからね、私は先輩を刺したの。私の理想の恋愛を汚した先輩には、お似合いの末路でしょ？」

「お前、そんな……そんな」

そんな軽い理由で先輩を刺したのか。と言葉にしそうになって、直前で口を閉ざした。オレの価値観では、先輩がどんなにクズ野郎でも直接傷つけるなんて発想は出ない。だから「軽い理由」だと思ってしまう。

でも価値観は人それぞれだ。詩織にとっては、凶行に至ってしまうほどの「重い理由」だったのかもしれない。

だからといって、詩織の行為は決して許されるものではないが。

「うっ……」

詩織の足元で血塗れの先輩が呻《うめ》いた。かなり出血しているが、まだ生きているようだ。

それに気づいた詩織の目がいやにゆっくりと動いて、冷淡に先輩を見下ろす。

彼女の口が小さく動く。

「【世の中には司法で裁けない悪が存在する。司法で裁けない以上、他の誰かが裁きを下すべきだ。たとえ殺人という極端な手段を用いても】」

オレは目を見開く。その文言には聞き覚えがあった。

『正当な善なる殺人』と名づけられた過激な思想。『正義同盟』が振りかざす、殺人を肯定する邪悪な言葉だ。

「先輩は私にとって裁けない悪。だから私が裁きを下さないといけない」

「他人のことを軽々しく、裁けない悪だって決めつけんじゃねえ！」

オレは詩織の主張をかき消すように大声で叫んだ。そして全力で駆け出す。

一瞬で距離が詰まり、オレは折り畳みナイフを振り回されないように詩織の手首をつかみ上げた。

「憧れの先輩がとんだクソ野郎で深く傷ついたのはわかる。でもよ、だからって傷つけたり、ましてや殺そうとするのはやっぱ間違ってんだろ……っ！」

「離して！　恋をしてない塩野くんにはわからないよッ！」

――理想の恋に憧れた女子学生が、クズ野郎相手に失恋して心に傷を負った。

本当ならそれで終わる話だったはずだ。

泣いて、誰か友達に愚痴を聞いてもらって、時間と共に傷が少しずつ癒えて。そしてまた前を向いて生きていく。あとからふと思い出して、少し胸の奥が痛むような記憶の一つになったはず。

そうなる未来を潰したのは『正義同盟』だ。

耐えがたい失恋の苦痛から逃れるため、詩織は『正当な善なる殺人』に救いを求めた。

その結果がこれだ。正義という名の免罪符を掲げて、感情のままに他者を傷つける。

そんなのは本当の正義じゃない。ただの私刑だ。

詩織の手から無理やりナイフを奪い取る。

「もうやめろ！　頭を冷やしやがれ!!」

「返してよ！　先輩を殺さなきゃ！　そうしないと『正義同盟』に見放される！　見放されたら、誰も私を救ってくれないッ！」

詩織の目つきは完全におかしくなっていた。

彼女は全体重をかけて、ナイフを奪ったオレの右手に縋りついてくる。

強い押し合いが続く。

全く言うことを聞かない詩織にだんだんと腹が立ってくる。

「いい加減に――しろッ！」

オレは怒りに任せて、右手を大きく振ってしまった。

詩織から取り上げた、折り畳みナイフを握った右手を。

次の瞬間、熱い液体が顔にかかった。

何が起きたのかわからず、オレは左手で顔を拭う。

左手は真っ赤だった。ラウンジの照明でてらてらと輝いた、少しぬめりけのある赤色。

血だ。だけど、オレの血じゃない。

目の前で詩織が後ろに倒れていく。全く受け身を取る素振りがなく、その様子は意思のない置物が倒れる時に似ていた。

詩織の喉元には大きな切り傷。

それがばっくりと開いて、血液を吐き出し続けている。彼女の全身は恐ろしいほど痙《けい》攣《れん》し、周囲の野次馬たちのざわめきが大きくなる。

一目でわかった。詩織は助からない。

右手を掲げる。詩織の喉を切り裂いた折り畳みナイフから血が滴り落ちた。オレは脱力して両膝を床につく。

「……オレはただ、止めたかっただけだ」

『正義同盟』なんてものに頼らないで、真っ当な道を歩んでほしかった。

「殺すつもりなんかなかった」

詩織はもう痙攣すらせず、動かなくなってしまった。

野次馬が騒がしい。うるさい。つべこべ言うなら、オレと詩織が揉み合っている時に助けに入れば良かったはずだ。結局、誰も自分が危険に晒されたくないから、遠巻きに見ているだけ。反吐《へど》が出る。

倒れた詩織のそばには、お気に入りだった恋愛小説が落ちている。憧れていた純愛を求めた詩織の結末が、ここまで残酷なものになるなんて想像できなかった。

「……なんで『正義同盟』なんかに縋っちまったんだろうな」

誰も私を救ってくれない、と詩織は言った。

でも絶対にそんなことはない。

同じサークルの奴だって話を聞いてくれただろうし、もし他の誰も頼れなかったのなら、オレを頼ってくれたって良かった。

……こんなことになるくらいなら、オレも自分の恋心を隠さずに詩織を振り向かせる努力をするべきだった。

そうすれば、もしかしたらこんな結末を迎えずに済んだかもしれない。

「——本当に馬鹿野郎だ」

詩織も、オレも。

詩織は『正当な善なる殺人』に救いを求め、自らの死を招いた。

オレは詩織を止めたかっただけなのに、自らの手で彼女を殺してしまった。

しばらく呆然としていると警備員が来て、強い力で取り押さえられた。

警備員たちの目は侮蔑と少しの恐怖に満ちていた。キャンパス内で殺人を犯した人間を相手にしているのだから、妥当な反応ではある。

そう考えてようやく自覚した。

——ああ、オレは殺人犯になってしまったんだ。

警察に逮捕され、留置場に入れられてからの記憶は曖昧だ。

殺人を犯したという事実だけが頭の中を駆け巡り続けていた。精神がどんどんとすり減っていく。

ひどいめまいがする。やかましい耳鳴りがする。呼吸が浅くなり、精神は不安定になっていく。

オレは殺人という行為で社会のルールを破った。

ルールを破ったオレは社会から見放されることが決定した。

殺人犯のオレをかばってくれる人間はいないし、世間は何にも知らないくせに言いたい放題、叩きたい放題で四面楚歌《しめんそか》。どこを見ても敵ばっかりだ。

心に亀裂が入っていく。ストレスで嗚咽《おえつ》が止まらない。

留置場の中、オレは甲高い声で叫んだ。叫び続けた。担当職員が慌てて駆けつけても、オレは泣き喚く子どもみたいに叫び声を上げた。そうでもしていないとおかしくなりそうだった。いや、すでにおかしくなっていたのかもしれない。

誰もオレを救ってくれない。誰もオレを救ってくれない。誰もオレを救ってくれない。

その文言だけが脳の中にあふれ返る。

そうして精神が捻じ切れる寸前。オレは気づいた。

「ああ……まだ救ってくれる奴がいるじゃないか」

救いは、最初から目の前にあったのだ。

『正当な善なる殺人』。

【世の中には司法で裁けない悪が存在する。司法で裁けない以上、他の誰かが裁きを下すべきだ。たとえ殺人という極端な手段を用いても】

オレが詩織を殺したことで、彼女が殺そうとしていた先輩は一命を取り留めたらしい。

――それならオレの殺人は正義だ。

先輩に殺意を向けた詩織を、司法は直接止めることができなかった。詩織を殺人未遂で捕まえることができれば、司法はきちんと機能しただろうが、それよりも早くナイフは振り下ろされる。

あの時の詩織は、事件が起きた後に罪人を罰する司法にとって「裁けない悪」だった。

だからオレは正しい。オレは正義だ。オレは『正当な善なる殺人』のルールに従って、正義の殺人をおこなったのだ。

オレはこれ以上精神が壊れないようにするため、忌み嫌っていた『正当な善なる殺人』に救いを求めた。

『正当な善なる殺人』は優しく手を差し伸べてくれた。

それがどれだけイカレていて、血に塗れた手だとしても、オレにはその手を取る以外の選択肢がなかった。

オレはこれからも『正当な善なる殺人』のルールに従って生きていく。

……裁けない悪はどんな人間でも殺さなくてはならない。

そうしないとルールが破綻してしまうから。

これからオレは、正義の名のもとに人殺しを重ねていくのだろう。でも仕方がない。それ以外に自分を守る方法がないのだから。

詩織殺害の件で取り調べを受けた時、「どうして殺したんだ」と検察にきつく問い詰められた。

オレは笑って答えた。

「今回の殺人は正義の行いです。オレは自分の殺人を誇ります。『正当な善なる殺人』が全てを肯定してくれていますから」

9

「囚人番号NO．1『タツミ』。その罪の開示を終了する」

ジャッカはつまらなそうにそう言った。

タツミの目から紫色の輝きが消え、罪の本による支配が解ける。

自分の罪の本の内容は、彼自身の耳にも入っていたはずだ。顔を歪めたタツミは自分の罪から目を逸らすようにまぶたを閉じた。

他の囚人たちはタツミの罪を知っても落ち着いたままだった。

あくまでボクの推測だが、この監獄に集められた囚人たちは全員が『正当な善なる殺人』に関係するヒトゴロシだ。しかも罪の記憶がある。

だから他人が『正当な善なる殺人』によって歪められていく過程を聞かされても、そこまで動じないのだろう。

ボクはタツミについて改めて考える。

最後の場面だけを切り取ったら、タツミは異常な思想を持った殺人犯に見える。実際、取り調べをしていた検察は戦慄したに違いない。

事件の一部始終を見ていた野次馬はたくさんいた。故意ではない可能性だって、十分視野に入れて捜査が進んでいたはずだ。

しかし当の本人が『正当な善なる殺人』に傾倒し、自らの殺人を誇ってしまったら、検察の態度は厳しいものになるだろう。そうしてタツミの立場はどんどん悪くなっていったと思われる。

罪の本に書かれていない以上、最終的にタツミがどんな判決を受けたのかを知ることはできない。

だが別に知りたいとは思わなかった。

このミルグラムで、タツミに裁定を下すのはボクなのだから。

「ジャッカ、この後の流れは？」

「尋問室を使ってもいいですけど、特に必要がないなら、今ここで裁定を下してもらって構わないっすよ」

「そうか」

前回のミルグラムでは罪の本が開いた後、尋問室で囚人と一対一で話すのが基本だった。しかしあれは、囚人たちが全員繋がっていたからこその処置だったのだと思う。

今回、ボクは特に尋問の必要性を感じていなかった。

「タツミ」

名前を呼ぶと、タツミはびくっと身体を震わせた。ボクは続ける。

「今、この瞬間だけ――『正当な善なる殺人』のことは忘れろ」

タツミの両目が大きく見開かれた。今まで静観していた他の囚人たちも、全員がボクに視線を向けた。

「正確な裁定を下すのにその思想は邪魔なだけだ。本音を聞かせてくれ。タツミ、お前は――自分の罪を後悔しているか？」

「そんなこと、言えるわけねえだろ……」

辛そうな表情でタツミは声を絞り出す。

「『正当な善なる殺人』があるから、オレは正気を保っていられるんだ。それを無視した本音なんてオレにはねえ……」

そのタツミの言葉を聞いて、ずっと黙っていたマコが勝ち誇ったように言う。

「エス、タツミはすでに『正当な善なる殺人』に救われてるんだよ。誰もタツミを助けようとしない中、『正当な善なる殺人』だけが救いの手を差し伸べたの。今のタツミにとって『正当な善なる殺人』は遵守すべきルール。破れば、『正当な善なる殺人』はタツミを見放す」

「――黙れ」

ボクはマコに視線を向けることなく一蹴した。

「今はタツミと話してるんだ。『正当な善なる殺人』を連呼するな。気分が悪くなる」

視界の端に映ったマコは頬を大きく歪ませていた。それでも取り合う気はない。

マコが『正義同盟』を作ったというのが本当なら、詩織という女子学生の暴走も、タツミの考え方が歪んでしまったのも、マコに責任の一端がある。

ボクはマコを赦せない。もしここが彼女を裁く場だったら、すぐにでも裁定を下していただろう。

しかし今はタツミの審判中だ。余計なことに構うだけ無駄だった。

「タツミ、お前の本心を知りたい。ボクが推察するだけじゃダメなんだ。タツミの口から聞くことで、ボクは自信を持って裁定を下せる」

タツミは頭をぶんぶんと激しく振る。

「無理だ。無理だよ。オレを救ってくれるのは『正当な善なる殺人』だけなんだ。見捨てられたくねえんだよ！」

「よく聞け、タツミ。ここはミルグラムだ。『赦す』『赦さない』を決めるのはボクだ。『正当な善なる殺人』の手を振り払え。見捨てられるんじゃない。お前が見捨てるんだ。

そうしたら――」

ボクは心を込めて、強く宣言する。

「――ボクがお前を救ってやる」

タツミはあっけに取られたようにボクを見つめていた。

そして数秒が経ち、小さく笑う。

「オレは自分の殺人を誇っちゃいない。裁けない悪？　そんなのこじつけだ。殺人を正当化して、目を背けてるだけだ。詩織を殺すつもりはなかった。殺したくなかった。あいつには理想の恋愛を手に入れて、幸せになってほしかった。——オレはそんな未来を奪った、どうしようもない人殺しだ。『正当な善なる殺人』なんてクソくらえ、だ」

パノプティコンが静まり返る。

ボクはゆっくりと頷く。

裁定は、決まった。

「囚人『タツミ』。ボクはお前を——赦す」

ボクは救いの手を差し伸べる。もう苦しむ必要はない。

ボクの裁定に反対する人間もいるだろう。詩織と揉めた時にもっと冷静に対処すれば良かったとか、『正当な善なる殺人』に縋らない強い精神があれば、『正義同盟』に取り込まれ、殺人を誇るようにはならなかったとか、言い始めたらきりがない。

しかしボクは自分の考えや倫理観に従って、正しいと思える裁定を下した。この判断を信じている。

タツミは自分のできる範囲の中で最善を尽くしていたと思う。

暴走した詩織を必死に止め、自らの精神を壊さないように危険思想に救いの手を求めた。自分が同じ状況に置かれたら、同じことをしてしまうかもしれない。

何よりもタツミは、望まぬ形で詩織の命を奪ったことを心の底から後悔していた。

それが一番大切なことだ。

詩織を殺さずに済めば、誰も不幸にならなかった。でも彼女が『正当な善なる殺人』にのめり込んだ時点で、あの結果は避けられなかったのだろう。

故意ではないとはいえ、殺人を犯した。

タツミはそれをどこまでも後悔し、だからこそ『正当な善なる殺人』に手を伸ばした。

何も反省していない殺人犯だったなら、そもそも妙な思想には頼らない。そういう人物は自分の罪を省みて、精神がすり減ることなどないのだから。

そうして、ボクの初めての裁定は終わりを迎えた。

長い間、囚われていた思想と決別したタツミは、清々《すがすが》しい表情で目をつぶっていた。

喫煙1

「──ずいぶんとカッコいい看守の姿を見せてくれたっすね」

紙煙草《かみたばこ》を一本取り出し、火をつける。

大きく吸い込んで、それから深く煙を吐き出した。

薄暗い個室の中に立ち昇る紫煙をしばらくの間、ぼうっと眺める。

『ボクがお前を救ってやる』なんて言いきれる看守はそういない。

ミルグラムに連れてこられた看守は大抵、自分で判断することに怯えて役に立たないか、権力を得たことで度を越えて傲慢になるか、ミルグラムへの協力を拒んで処分されるかだ。

しかし自分が欲しているのは氷森統知のような、揺るがない芯を持った看守だった。

無理を言って、以前のミルグラムの記憶を保持した統知を看守に指名したのは正しかった。

統知は赦された囚人が看守になるのは、よくあることだと思っているのかもしれないが、自分が知る限りそんな前例は一つもない。

──だって「彼らはもう終わっている」のだから。

それでも、自分には統知のようなパートナーが必要だった。

もちろん上から反対意見は出たが、今まできちんと仕事で成果を出してきたこともあって、最終的には許された。

まだ試験段階なので色々なケースを試したいという、上の思惑も良い方に作用した。

「この調子でもっと面白いものを見せてください。エス」

煙草の火が揺れる。この休憩が終わったら、また監獄の管理者としての仕事に戻らなければならない。

自分はあの腐った監獄が大嫌いだ。

管理者の仕事も大嫌いだ。

でも。

どんなに反吐が出そうになったとしても。

まだ自分は辞めるわけにはいかない。

「……真に裁かれるべきなのは囚人じゃなく、ミルグラムそのものっすよ」

小さくそうつぶやいて、煙草の先端をぎゅっと灰皿に押しつけた。

10

「オレが詩織の好きな文庫本を読み返してたのは、奪っちまったものの大きさを知りたかったからなんだと思う」

ボクの隣でタツミがしみじみと言った。

「詩織を殺さなければ、あいつはいつか新しい恋愛をして、憧れた理想の恋愛に辿り着けてたかもしれない。詩織を殺さなかった未来を、オレはあの小説の中に見ていたんだ」

タツミを『赦す』と宣言してから数時間が経っていた。

赦された囚人は前回のボクのように、その場で光に包まれて消えていくのだと思っていたが、タツミは未だに消えていない。

ジャッカに聞いたところ、赦された囚人たちは全ての審判の終了と共に消えるのが一般的らしい。そのため、裁定が終わった後もこうしてタツミと会話ができている。

それ自体は喜ばしいことだが——。

「タツミ。悪いが、もう少し離れてくれ」

「なんでだよ?」

　タツミは赦された解放感で気づいていないようだ。

　ここは、はっきりと言っておくべきだろう。

「パーソナルスペースがなさすぎるからだ。それに今は——お互い、全裸ということもある」

　湯気が室内を満たしていた。監獄内に設置された浴場、男湯。

　ボクとタツミは並んで大きな湯船に浸《つ》かっていた。最大で五人くらいが同時に入れる広さがある。照明も明るく、この浴場にいると監獄の中にいることを忘れかけてしまう。

「だいぶ久しぶりに肩の荷が下りた気がするぜ。今まで誰もオレを救おうとしてくれなかったからな。全てを知ったエスに『赦す』って言われて、オレは本当に嬉しかった」

　少し距離を取って、湯船に浸かり直したタツミは穏やかな表情でそう言った。

「だから、オレはこの監獄の中でエスの絶対的な味方になる。マコがまた何か仕掛けてくる可能性もあるし」

「そうだな。またタツミに首を絞められないように祈ってるさ」

「もうしねえって！」

　タツミの大声が浴場内に響きわたる。

　それと同じタイミングで、浴場の出入り口の戸がガラガラと開いた。

「お、トモナリ」

浴場に入ってきた囚人の名前をタツミが呼んだ。

タオルを片手に持ち、悠々と浴槽の前まで歩いてきたのはトモナリだ。当然、囚人服は脱いでいるが、鎖で繋がった罪の本は抱えたままだった。

ジャッカに申告することで着替えの前後だけ手首の鉄の輪を外してもらえる。しかし、そのまま罪の本を脱衣所に置いて入浴するのは認められていなかった。

罪の本は湯気で湿気《しけ》ることも、水が浸《し》み込《こ》んでページが傷むこともない。外側に付着した水分を拭き取れば、すぐさま通常の状態に戻る仕組みになっている。

「やあ、エス。タツミ」

トモナリは相変わらず、優しい態度でこちらに声をかけてくる。

ボクはまだ彼のことを何も知らなかった。

囚人たちの中で接した時間が一番短いのがトモナリだ。どんな罪を抱えているのかも、本当の人間性もわからない。

タツミが襲撃してきた時のように、トモナリがマコから指示を受けている可能性を考慮してボクは警戒を強める。

しかし彼に敵意はないようで、洗い場で身体を綺麗に洗ってから、ボクやタツミと対面する形で湯船に浸かった。

「タツミが赦されて良かったよ。人の命はとても尊いものだからね」

トモナリは静かにそうつぶやく。

人の命はとても尊い。それは少し前までのボクと全く真逆の考え方だった。湖上のおかげで、最近のボクはずいぶん一般的な思考になってきたけれど、今でも人間の命を特別視しているわけではない。

人間の命は、失われる時には容易《たやす》く失われるもの。それは周囲にあふれている様々な物体と同じ。

少し変わった点があるとすれば、それは人間に対して無関心を貫き、遠ざけるのをやめたことだ。

今のボクは目の前の人間と精いっぱい向き合っている。何にも興味がなかった過去のボクよりは豊かな日々を送ることができていると思う。今はその変化で十分だ。

……それよりも、気になることがある。

「人の命を尊いと思っているのに、ヒトゴロシになったのか？」

ボクはまっすぐトモナリの目を見て訊ねる。

「お、おい。エス！　トモナリだって、何か理由があるに決まってんだろ？　あんま直接的な言い方すんなって……」

タツミが隣で慌てているが、こういうのはストレートに聞いた方が早い。

考えるように目を閉じたトモナリは少し時間を置いてから答えた。

「人の命を尊いと思っているからこそ、ヒトゴロシになってしまったのかもね」

その言葉からは感情が読み取れなかった。

誇りも、後悔も、何もない。

「タツミとは違って、本心を隠すのが上手いな」

ボクがそう言うと、トモナリはくすりと笑った。

「それはどうも」

「え、オレ、悪口言われてねえか？」

首を捻るタツミをよそに、トモナリは続けた。

「少なくとも、僕は『正当な善なる殺人』に振り回されて罪を犯したわけじゃないよ。

ここで誓ってもいい」

ボクはほんの少しだけ動揺する。今回の囚人は『正義同盟』を作ったマコと、それに影響された人間たちという構図だと思っていたからだ。

「『正義同盟』とは無関係ということか？」

「それも違うかな」

トモナリは一拍置いて、そして言った。

「僕とマコは——幼馴染《おさななじみ》なんだよ」

「は⁉」

その事実はタツミも知らなかったようで、彼の驚きの声が浴場内に大きく反響した。

「みんなはマコのことを『神様』だとか『神様気取り』だとか思っているみたいだけれど、僕にとっては今も仲の良い『幼馴染』という認識なんだ。そしてマコは『正義同盟』を作った。僕はマコが『正義同盟』を作った理由を知っている。だから無関係とは言えない」

「……その理由っていうのは？」

ボクの問いにトモナリは首を振った。

「それは話せないよ。きっと罪の詳細に触れることになる」

予想していた回答だった。

ここで全てが聞き出せるのなら、罪の本の開示など必要ないのだから。

しかし、思っていた以上にトモナリはマコと近い関係にあったことがわかった。それだけでも収穫だ。

「それじゃ、二人とも長風呂には気をつけてね」

トモナリはそう言うと、湯船からさっさと出ていってしまった。

「ええと、マコとトモナリは幼馴染で、今も仲が良くて……だけどトモナリは『正当な善なる殺人』に振り回されたわけじゃない？　複雑だな……」

眉をひそめたタツミは、浴場を出るまでずっと唸《うな》っていた。

一夜が明けた。

ボクは看守室のベッドで目を覚ます。タツミの審判が終わったからといって、一息ついている暇はない。囚人の罪の本は一日おきに開くのだから。

「やっと起きたっすね、エス」

ボクが身体を起こすと、執務机の上に座っていたジャッカが声をかけてきた。

「次に罪の本が開かれる囚人の告知っす。対象囚人は囚人番号NO.２『リナ』と囚人番号NO.３『メイ』。罪の本の開示は明日の午後。一冊の罪の本を二人で共有する特殊な囚人たちです。慎重な判断が必要っすね」

「……リナとメイか」

彼女たちとはすでに話をしている。

自分たちが犯した罪に対するスタンスも聞いているし、追加で情報を集めようとするなら、彼女たちの罪の本に触れるべきだろう。

また監獄内で行動をするならば、マコに注意しなければならない。

彼女は一度、ボクを殺そうとしたにもかかわらず、それ以降は目立った動きがない。

だが、失敗したからといってすぐに諦める性格ではないはずだ。どこかで何かしら仕掛けてくると思っておいた方がいいだろう。

とりあえず、まずは朝食を取ろう。

顔を洗ってから食堂を訪れると、そこにはリナとメイの姿があった。ダイニングテーブルには複数のおにぎりが載った大皿が置いてある。

「あ、エス。おはよ」

ボクに気づいたリナが声をかけてくる。

少し遅れてメイもぺこりとお辞儀をしてきた。

「おはよう、二人とも。ちょうど良かった。さっきジャッカから告知があった。次に罪の本が開くのはキミたちだ」

「ふーん、そうなんだ」

「……早く終わらせたいな」

リナもメイも相変わらず、ミルグラムの審判には興味がないようだ。

彼女たちは自分の罪の重さを理解した上で受け入れている。ボクがどんな裁定を下しても、きっとその心は変わらない気がする。

それでも罪の本は開くのだ。

納得のいく結末を迎えられるように、ボクは情報を集めなければならない。

「看守の仕事の一環だ。キミたちの罪の本に触れさせてくれ」

「罪の本に触るの？　それで何か起きるわけ？」

リナは不思議そうに小首を傾げた。

「ああ。裁定を下すためのヒントが得られる」

「別にいいですよ。隠すようなことはありませんから。ね？　リナ」


メイの問いかけにリナは軽く頷いた。それを確認してから、メイは両手で罪の本を差し出してくる。


ボクは罪の本の表紙にそっと手を乗せた。

それと同時、何かが流れ込んでくる感覚と強烈なめまいが起こる。過去の罪の光景が脳内で鮮明に構築され、やがて映像のように再生が始まった。

◇

雨が降っていた。

どこかの住宅街。

二人の少女が身体を寄せ合うように倒れている。

片方の腹部には鋭利なもので刺されたと思われる傷があり、もう片方の喉元は鋭く切り裂かれている。流れ出した血液が周囲の雨水を薄い赤色に染め上げていた。

二人ともすでに息をしていない。

しかし、少女たちの表情に苦悶《くもん》の色はない。

穏やかだ。苦痛から解き放たれたような、そんな安らかな表情。

彼女たちにとって生きることは苦痛だったのだろうか。

死ぬことができて嬉しかったのだろうか。

そんな風に少し悲しくなってしまうほど、綺麗で未練のない死に姿だった。

◇

「……また死人か」

ボクは自分のつぶやきで、現実に戻ってきたことを知った。

目の前では、リナとメイが少し困惑した様子でこちらを見ている。

「また？」

メイが小さく首を傾げた。

「いや、なんでもない」

今回の監獄にいる囚人たちは、まだ『すでに死んでいる囚人』のケースを知らない。

あまり余計なことを言って混乱させるのは避けたかった。

実のところ、この事態を想定していなかったわけじゃない。前回のミルグラムでは、看守を含め、それなりの人数が『すでに死んでいた』。

今回の監獄で全員生きている方が不自然というものだ。

ボクは話題を逸らす。

「協力ありがとう。おかげでリナとメイがやけに落ち着いている理由がなんとなくわかった」

「へえ？　どんな理由だと思ったのか、優秀な看守さんの考えを聞いてもいい？」

リナは挑戦的な目つきでそう訊ねてくる。敵意は感じられない。単純に面白がっているみたいだ。それなら期待に応えてみせよう。

「──キミたちの人生はもう納得のいく形で完結している。だから今更、ここで何が起ころうと、どんな裁定が下ろうと、関係ない。全部、すでに終わった話だからだ」

ボクの答えに、リナは満足げな笑みを浮かべた。

「ほとんど正解かな。この監獄がなんなのかはわからないけど、あたしたちにとって、今こうして生きて動けているのは、何かのバグみたいなものでしかない。エスの言う通り、あたしたちの人生は満足なエンディングを迎えた」

「……」

ボクはなんと返事をするべきか迷って口を噤《つぐ》んでしまう。

過去の光景の中で血を流して倒れていた少女二人は、間違いなくリナとメイだった。

そんな悲しい最期を「満足」と形容しなくてはならないほどの何かが、彼女たちにはあったのだろう。

今のところ、ボクの気持ちは同情に傾いているが、それでも彼女たちはヒトゴロシだ。そのことを忘れてはいけない。

状況からしてお互いを刺し殺したように思えるが、どうしてそんな結末になったのか、ボクはまだ何一つ知らない。

メイはダイニングテーブルに置いてあったおにぎりの載った大皿を両手で持ち上げる。

「この監獄での生活、わたしはそこまで嫌いじゃないです。だって本当なら、リナとカップケーキを作ったり、おにぎりを作ったり……そういうこと、もうできないはずでしたから」

メイは大皿をボクに差し出してきた。

「看守さんも一つどうぞ。おいしいですよ」

「……じゃあ遠慮なく」

ボクはおにぎりを一つつかみ、そのまま頬張る。

薄い塩味。ちょうどいい味付けだ。

「エス、警戒しなくなったね。最初は歓迎会のお菓子でさえ、何か入ってるんじゃないかって疑ってたのに」

「そうだな。あの頃よりはみんなの人柄がわかってきたからだろう」

リナとメイは実際にどんな罪を犯したのかはわからないものの、自分たちの中だけで全てが完結している。

他者に危害を加えることは考えないだろう。それにマコの強引な指図を受け入れるタイプでもないはずだ。

そうやって予測できるくらいには、ボクも囚人たちを知ることができているのだと気づいた。看守としての仕事はそれなりに果たせているらしい。

「あ、そういや、ちょっと前にタツミが来てさ。エスが朝ご飯を食べにきたら、これを渡してくれって頼まれてたんだった。なんかタツミの奴、気合入れなきゃっておにぎり三個も食べていったんだよね。なんだったんだろ」

リナが取り出したのは乱暴に折りたたまれたメモだった。ボクはおにぎりを食べながら、受け取ったメモを開く。

そこに書き殴られた文字列を目で追って——ボクの背筋は凍った。

「あのバカ……っ!」

持っていたおにぎりを無理やり口の中に押し込み、そのまま一気に飲み込む。

「リナ、メイ! もしかしたら人手がいるかもしれない。一緒に来てくれ!」

「ど、どうしたの?」

リナが動揺したように訊ねてくる。

「――タツミがマコに呼び出された」

リナとメイの表情が深刻なものに変わる。

ボクは二人を引き連れて食堂を飛び出した。

「ボクが襲撃されてからは、ジャッカがマコの見張りを行うことになっていたが――ジャッカからボクに何の連絡もないことを考えると、上手く隙を突かれたのかもしれない」

走りながら、タツミが残したメモを見返す。

『エスへ　マコに呼び出された。誰もいない場所で、一対一で話がしたいんだってよ。オレはお前を巻き込みたくねえ。だから一人で行ってくる。安心しろよ、ちゃんとマコと決別して帰ってくるからさ。そしたら、今日は遊技場で一緒に遊ぼうぜ。ダーツで勝負だ！　たまには休まねえと心が潰れちまうからな。じゃあ、朝飯食って待っててくれ。大丈夫、悪いことは何も起きねえよ』

メモの文面は強気だ。しかし、全ての文字の形が少し崩れている。まるで震える手で書いたように。

そしてメモの最後に『パノプティコン、バルコニー』と小さく場所が書かれていた。最後の最後で不安になって、マコとの待ち合わせ場所を書き足したのだろう。

実にタツミらしい。そしてボクの身を案じて、怖いくせに一人で突っ走ってしまうところも優しいタツミらしかった。

幸い、今回はリナとメイも同行してくれている。ジャッカが仮にいなかったとしても、以前の襲撃の時と同じやられ方はしない。

パノプティコンの扉を力強く開け放つ。

すると壁際の鉄格子にもたれて、上を見上げているトモナリの姿が目に入った。

次の瞬間。

上から落ちてきた木製の柵の一部が中央付近の床に衝突して勢いよく砕けた。

ボクはすぐに視線を上げる。目を疑った。

塔のように縦に長いパノプティコン、その上層から高速で落下してくる人影が一つ。

周囲は無音だった。その光景を目にしているリナもメイもトモナリも、落下する人影も、そしてボクも声を出さなかった。

いや、出せなかった。

……目の前の光景を信じたくなかった。

落下してきている人物は――タツミだった。

空中のタツミと一瞬目が合う。彼は申し訳なさそうに苦笑して。

タツミがパノプティコンの中央に置かれた白い円卓に物凄い速度で衝突した。その強烈な衝撃で円卓の天板は砕け散り、瞬間的に潰れきった死体から大量の血液が周囲に撒き散らされる。

白い円卓は罪の本の内容を囚人に強制的に語らせる。あの円卓はある種、ミルグラムの権威の象徴だった。

だがその象徴は無惨に破壊され、その純白はタツミの血で赤く染められた。

これは紛れもない、ミルグラムへの反逆だ。

手を下した人間はわかりきっている。

ボクはパノプティコンの上層を見上げる。地上から三十メートルほどの高さにある屋内バルコニー、そこから眼下を覗き込んでいる囚人を見つけた。

——マコだ。

遠くてよくわからないが、彼女はボクを見て小さく微笑んだ気がする。

タツミの死体から流れ出た血液がボクの靴のつま先まで迫ってきた。

ボクはタツミを赦し、彼は本当の意味で救われたはずだ。昨日の風呂での笑顔を、今もはっきりと思い出せる。

めまいがした。この感情は怒りだろうか。悲しみだろうか。いずれにせよ、少し前まで錆びついていたボクの感情をここまで動かすなんて、やってくれる。

マコはゆっくりと螺旋階段を下りてくる。

リナとメイは初めて怯えた様子を見せていた。いくらこの監獄が非現実的な空間だとしても、目の前で人間が死んだのだ。しかも死体の損傷は直視しがたいほどにひどい。

この状況で全く怯えない方が異常だ。

トモナリはタツミの死体をじっと眺めていた。いつも涼しげなその顔は少し歪んでいる。

「……人間は尊い存在なんだ」

彼はそうつぶやき、何度か死体から目を逸らそうとするが、すぐに視線が戻ってしまうようだった。

あまりにも非日常的で残酷な光景であるため、見たくないのに目が勝手に吸い寄せられるといったところだろう。

ただでさえタツミの死体は視界に入りやすいパノプティコンの中央にある。

トモナリは自分に言い聞かせるように「人間は尊い存在なんだ」と繰り返しつぶやく。

そして限界を迎えたのか、

「人間は尊い存在なんだ！」

と一際大きな声で叫ぶと、逃げるようにパノプティコンから出ていってしまった。

その後、ゆっくりと時間をかけてマコが地上階に到着する。

マコは臆することなくボクと対峙《たいじ》した。

「お出迎えありがとう、エス」

「……なんでタツミを殺した？」

ボクは冷たい声色で問う。心の中では怒りの感情が暴れ回っている。だが、それを表に出しても意味はない。

「なんでって理由は一つしかないでしょ？ タツミは『正当な善なる殺人』の救いを拒んだ。そしてよりにもよって、ミルグラムの看守に救いを見出《みいだ》した。それはダメだよ。そんなことを許したら『正義同盟』は崩壊する」

マコはもう原形を留《とど》めていないタツミの死体に目をやる。

「これは『正義同盟』による粛清だと思って。エスが赦したから代わりに私が殺したの」

ボクはもうそれ以上、マコと対話をしようとは思わなかった。

ミルグラムのシステムに則《のっと》って粛清を下す。

それだけでいい。もうたくさんだ。

そんなボクの思考を察したのか、マコは小さく微笑んだ。

そして、言う。

「ねえ、エス。私はちゃんと──悪者に見えるかな？」

その声はなぜか震えていた。でもボクはその意味を考えようとはしなかった。あふれそうな怒りを抑えるのもそろそろ限界だったから。

「……お前は」

だから、ボクは静かな怒りに任せて断言した。

「救いようのない人殺しだよ」

11

「……本当に申し訳ないです、エス」

珍しく気落ちした声色でジャッカが頭を下げた。言葉遣いも普段より丁寧だ。

遊技場。一人でダーツボードの前に立ったボクは、背の高いサイドテーブルに乗ったジャッカと視線を合わせることなくダーツを鋭く投げた。

ダーツがボードの中心に刺さる。

ダン、と重たい音が静寂に包まれた遊技場の中に響いた。

「どうしてマコを止められなかった？」

「……各監獄のジャッカロープは管理者ではありますが、全員がミルグラム全体の中で上位の役職に就いているわけじゃありません。自分にも上司にあたる存在がいますし、定期的な実験進捗の報告が要求されます」

ジャッカは消沈した様子でため息をつく。

「今回のタツミ殺害は、その定期報告のため、少し目を離した隙にやられました。本来なら、囚人が囚人に危害を加えようとした場合、アラートが発動するはずですが……」

そこでジャッカは言葉を濁す。

「なんだ？　何かあるなら言え」

「……エスを怒らせる意図はないと先に言っておきます。アラートは裁定が下されていない囚人が危険になった時しか発動しない仕組みになっていました。ミルグラムにとっては、裁定が決まった囚人が死亡しても……不利益はないですから」

ボクは次のダーツを手に取り、二投目を投げる。ダン、と先ほどよりも大きな音がした。刺さった場所は20のトリプル。

「そんなところだろうとは思っていた」

ミルグラムは人を裁く場所ではなく、罪を裁く場所。

ジャッカが以前言っていた言葉だ。だとすれば、タツミは用済みということになる。

「興味がないなら、裁定を下した段階で解放してやれば良かったんだ」

「それも難しいんですよ。ミルグラムは裁定済みの囚人を、監獄の環境に影響を与える変数として捉えています」

「つまり？」

「タツミが死亡してエスの中には怒りが湧いたはずです。これはタツミがいなければ起きなかった。そして怒りを持ったことでエスの今後の裁定は変わるかもしれない。そのデータをミルグラムは欲しています」

「……つくづく吐き気がする監獄だ」

三投目。苛立ちでスローイングが乱れ、ダーツは1のシングルに刺さった。ボクは冷静になるため、深呼吸をする。

この件でジャッカを強く問い詰めても仕方がないことはわかっている。ジャッカとミルグラムの意向が異なっているということも。

ジャッカの謝罪の誠実さからして、本当に予想外の事態だったのだろう。

マコはタツミを殺害した罰として独房に監禁する対応となった。

前回とは違い、明確な実行犯なのだから当然だ。

タツミが突き落とされたと思われる屋内バルコニーをジャッカと共に訪れた時、木製の柵の一部がへし折れた形跡が残っていた。

あらかじめ、監獄内の什器《じゅうき》などで柵を何度も殴りつけて破損寸前にしておき、その場所に向かってタツミを突き飛ばしたと推測される。脆《もろ》くなった柵はタツミの体重を支えきれず、一緒に落下する結果となったわけだ。

タツミの死体や四散した血液は、すでにミルグラムの力で綺麗に清掃済みだ。粛清の時と同じく、凄惨な落下死が起きたとは思えないほど、パノプティコンは原状復帰を果たしていた。

破壊された白い円卓も新品と取り替えられ、審判は継続可能となっている。

マコの行いは、ボクの視点から見ればかなり衝撃的なものだったが、実のところミルグラムには何一つダメージを与えられていない。

これ以上、ボクが怒ったところで、ミルグラムには実害がないのだから無視されるだけだろう。

……やはりミルグラムのやり方、考え方には同意できない。

「もう囚人側に犠牲を出したくない。万が一にもマコが独房から脱出することはないな？」

「もちろんです。基本的にトイレと審判時以外で外に出るのは禁止。外に出た際も、一切目を離さずに監視を行います」

「絶対に出し抜かれるなよ」

釘《くぎ》を刺すボクに対し、ジャッカは神妙に頷いた。

リナとメイはあの現場を見てから萎縮している。すでに聞きたいことは聞き出してあるし、強引に会いにいって刺激したくない。

彼女たちの罪の本が開くのは明日。

それまではボクも少し休みたい。タツミの死は自分が思っているよりも、ボクの心を傷つけたようだ。

三本のダーツが刺さったボードをぼんやりと眺め、ボクは自分の半生を思い出す。

大切な人々が死んでいくばかりの日々だった。

両親も祖父母も、施設の友達も。

そして——湖上も失った。

今回はタツミを奪われ、昔のボクだったらすでに心を閉ざしていたに違いない。看守の役目も放棄して、他人との関わりを拒絶したかもしれない。

だけど、ボクはもう昔の自分じゃない。

タツミの死を悲しむばかりじゃない。

ボクはミルグラムの看守として、マコとの戦いに決着をつけなければいけない。

だから前に進む。

心の底に悲しみがどれだけ溜《た》まろうとも。

次の日の午後。

リナとメイの罪の本が開かれると連絡を受け、ボクはパノプティコンを訪れた。

白い円卓には囚人たちが着席している。椅子の数は一つ減っていた。

マコは罪の本の鎖と別に、鉄の手錠をはめられていた。しかし全く堪《こた》えた様子はなく、薄ら笑いを浮かべてボクと視線を交差させる。

ボクはあえてマコを無視して看守用の椅子に座った。

今日はリナとメイの裁定を決める日だ。マコとの対決は焦らずとも、近いうちにやってくる。

「――罪の本が開く。囚人番号NO．2『リナ』、囚人番号NO．3『メイ』。罪名【友情の罪】」

ジャッカが淡々と宣言し、リナとメイから罪の本を回収してくる。もう完全に見慣れた光景だ。

罪の本が円卓にセットされ、紫色の光がリナとメイを包み込む。

これから「自分たちの人生は満足なエンディングを迎えた」と言いきった彼女たちの罪が明らかになる。

今回、ボクは二人に対して一つの裁定を言い渡す必要がある。

イレギュラーなケースだが、きちんと仕事は果たしてみせよう。タツミに胸を張れる看守でいるために。

「囚人名『堂咲埋那《どうさきりな》』」

「囚人名『墨嶋《すみしま》めい』」

紫色の光に支配されたリナとメイが機械的に自らの名前を言う。

そして二人は全く同じタイミングで、同じ文言を口にした。

「――罪名【友情の罪】。記述内容を開示」

罪の本　リナ＆メイ

囚人名「堂咲理那」「墨嶋めい」
罪名【友情の罪】
記述内容を開示。

◇

あたしの人生はとっても輝いてる。

高校の他の子たちとは比較にならないくらい。

「理那、昨日の投稿見たよ！　めっちゃバズってたね！」

朝、教室に足を踏み入れると、誰もが羨望の眼差《まなざ》しをあたしに向ける。複数の女子たちが近寄ってきて声をかけてくる。これは日常の光景だ。

「そんなすごいことじゃないって。いつも通りだよ」

集まった女子たちにそう答えると、あたしは自分の席に座ってスマホを開く。真っ先にチェックするのは、オシャレな写真や短い動画を投稿できる有名ＳＮＳだ。

自分のプロフィールに飛ぶと、約三十万人というフォロワー数が確認できる。このフォロワーたちがあたしを輝かせてくれているのだ。

もちろん最初からこんなにフォロワーがいたわけじゃない。

元々は普通の女子高生だった。

昔から周囲の人間よりも目立ちたいと思ってた。ちやほやされたいと思ってた。

でも、自分の力のみで願いを叶えることは難しい。

SNSを始めたのは中学二年の後半だった。

どれだけ写真を上げても、動画を上げても、可愛く見えるように気を遣っても、流行りのファッションを研究しても、フォロワーが数十人から増えることはなかった。ほとんどが友達や知り合い。それも付き合いでフォローしてくれているだけで、あたしの投稿に本当に興味を持っているわけじゃない。

あたしは大勢のフォロワーを持つ同年代の子のアカウントを見ては、いつも嫉妬していた。

有名な子は別の有名な子と遊んで写真を上げる。そうすることでお互いの宣伝に繋がり、さらにフォロワーが増えていく。あたしのフォロワー数の何倍もの数字が、一瞬のうちに増えていく。

あたしは痛感した。

自らの努力だけで輝くことなんて不可能だと。

何かの投稿で運よくバズるか、人脈を使って色々なところで宣伝してもらうか。

そういう特別な要因がなければ、ただの一般人がＳＮＳで有名になることなんてできないのだ。

あたしは今までのような努力をするのをやめた。でも、有名になるのを諦めたわけじゃない。努力の方向を変えることにしただけだ。

ちょうどその頃、一つ上のそれなりに仲が良い先輩が読者モデルとして、ＳＮＳ上で少しずつ有名になり始めていた。あたしが中三、先輩が高一の時の話だ。

あたしはすぐに先輩に連絡を取った。

先輩が中学を卒業してからは、あんまりやりとりをする機会はなかったけれど、無視されることはないと踏んでいた。

昔からちやほやされたい願望を持っていたあたしは愛想だけは良かった。そのおかげで年上にはよく可愛がられていて、件の先輩も好意的だったからだ。

あたしの読みは外れていなかった。

先輩はあたしからのメッセージを喜んでくれた。「今度一緒に遊ぼう！」という言葉を引き出すことに成功した時は、自分の部屋で密かに笑ったものだ。

そうして、あたしは有名になるための踏み台を手に入れた。

すでにフォロワーが多い人間に近づき、一緒に仲良くしている写真をアップし、相手のファンからフォローしてもらう。それが一サイクル。

もちろんその流れを一回通しでおこなったところで、フォロワー数の増加はたかが知れている。そんなことは容易に予想できた。

だからあたしは途中で足を止めなかった。最初に連絡を取った先輩と仲良くしつつ、先輩のモデル仲間を少しずつ紹介してもらった。

あたしは無邪気な後輩キャラを装って、色々な人と交流を持つようになった。

数字のために擦り寄ってきていると思われないよう、できるだけ明るくてバカな役を演じ続けた。人脈を形成する上で一番大変なのはスタートを切った時。知り合いが誰もいない時だ。

逆に一度流れに乗ってしまえば、最初ほど打算的に動かなくても知り合いは増えていった。新しい人を紹介してもらえるルートの数が初期とは比べ物にならないからだ。

いつの間にかフォロワーも三桁、四桁と増加し、高校生になった頃には一万人を超えていた。

そこまで来てようやく、全く誰にも知られていなかった頃に研究していた、写真を可愛く見せる方法だとか、化粧の仕方だとか、そういうものが巡り巡って効果を発揮したのを覚えている。

あたしが自分一人で撮った写真にも「可愛い！」と応援してくれるコメントがよくつ

くようになった。たぶん中学生の時に地道な努力をしていなかったら、そこからさらに上にはいけなかったと思う。

でもなんだか皮肉だ。

真っ当なやり方を捨てて魂を全部売り払い、やっと他人から注目されるようになった後で、また真っ当なやり方を求められるなんて。

本来なら逆であるべきなのに。

ともかく「有名読者モデルの友達」で終わってしまうことなく、あたしのフォロワー数は加速度的に膨張し、今や三十万人という規模にまで到達した。

そうやって過去のことを思い返していたあたしは、ふと気になって一番最初に声をかけた先輩のプロフィール欄を開く。

彼女のフォロワー数は三万人程度で停滞していた。今もアカウントは動いていて楽しそうにモデル活動をやっているが、これから大きくなる感じはしなかった。

先輩がバッチリ決めて撮った仕事の写真よりも、あたしが気まぐれで投稿したオフショットに寄せられる反応の方が何倍も多い。

先輩とはほとんど遊ばなくなっていた。

もう利用価値はない、と心の中で思ってしまう自分が最低だというのは理解している。

ただそこまで醜い存在になることを受け入れたからこそ、あたしはたくさんのフォロワーを手に入れられた。

始業前の教室はかなり活気づいている。少しうるさいくらいだ。

高校二年も後半。三年生に上がったら受験生になってしまう。その前にできるだけ高校生活を楽しみたいと、みんな無意識下で思っているのかもしれない。

あたしはその中でずっとスマホの画面を見続けていた。

フォロワー数を見て幸せな気分になって、自分の投稿についたコメントを読んで回る。

少しでも時間ができた時はいつもこうやって過ごしていた。

あたしの人生はとっても輝いてる。

……輝いてるはずだ。

ほとんどの友人関係が偽物で、先輩のように自分のやりたいこともなく、ただ数字を追っているだけだとしても。

事実として、教室に入ってきた時に話しかけてくる女子たちのように、あたしをちやほやしてくれる子たちはいる。かつて望んだ立ち位置のはずだ。

ただ、自分の内の醜さを無駄に自覚しているせいで、たまに考えることがある。

――自分もまた、踏み台にされるだけなのかもしれない。

あたしは深くため息をつく。

最近はネガティブなことが頭に浮かびがちだ。過去の自分が目標としていた地点にある程度到達してしまったからかもしれない。

「……理那、またため息ついてるよ。悩み事？」

ぼんやりとした印象の声が聞こえて、あたしは軽く振り向く。

そこに立っていたのはあたしの唯一の親友、墨嶋めいだった。

バッグを持ったままなのでちょうど今、登校してきたところなのだろう。

あたしは明るい笑みを浮かべて言う。

「キラキラインフルエンサーのあたしに、悩み事なんてあるわけないでしょ。昨日寝不足でちょっと疲れてただけ」

「んー、それならいいんだけど」

めいは少し心配そうだ。あたしは話題を逸らすため、スマホを素早く操作し、表示された画面をめいに見せる。

「ね。今度、このスイーツのお店行かない？　最近人気なんだって。めちゃめちゃ甘いカップケーキが一押しらしいよ」

すると、めいはぴたりと動きを止めてから、一気にぐいっとスマホの画面に近寄ってきた。目が輝いている。

めいは意外と甘いもの好きだ。食いつき方も可愛い。

「行こ。今日の放課後」

「え、今日？　さすがにいきなりすぎるって。お店の場所も遠いし、ちゃんと準備して今週末にでも行こうよ」

正論を言ったはずなのだが、めいは不満そうに頬を膨らませた。

「遅い」

「まーまー、落ち着いて。ほんと、スイーツ関連の時だけは積極的だなぁ」

「理那の方が落ち着きすぎなんだよ。どうせカップケーキを前にしても、写真をいっぱい撮るのを優先するんでしょ」

「ぐっ、それは否定できない……人気店のカップケーキ……圧倒的なバズの予感……」

そうつぶやいたあたしのことを、めいが半目で睨んでくる。

それがおかしくて、あたしは思わず声を出して笑ってしまった。

あたしたちの価値観は合わない。

だけど本気で喧嘩《けんか》になることはなかった。

めいと出会ったのは高校に入ってからだ。一年の途中でめいが編入してきて、同じクラスになった。

めいは最初こそ、色々なクラスメイトに話しかけられていたが、口下手なこともあって、二週間も経った頃には一人になってしまっていた。

そんな様子を不憫《ふびん》に思って、声をかけたのが始まりだった。

めいの家は今まで何度も引っ越しを繰り返しており、周囲と仲良くなる方法を知らないまま、高校生になってしまったとめいは話してくれた。

一方であたしはちょうどフォロワー数が大きく伸びていた時期だったこともあり、誰とでも仲良くなる自信を持っていた。

「じゃあ、まずはあたしと仲良くなってみようよ」

そう言ったのをはっきりと覚えている。

あたしたちの関係が始まった瞬間だ。

めいは最初から特別な友達だった。あたしにとって、誰かと仲良くなることは基本的に人脈を広げていくための手段に過ぎなかった。

だけど、めいだけは違った。

そもそもめいには他に友達がいない。人脈という意味合いではもっとも意味がない人間。そして心が汚れきったあたしがもっとも必要としていた人間だったのだ。

めいと一緒に楽しく過ごすうちに気づいた。

あたしも本当の友達なんてもう長い間、ずっといなかったことに。

……あたしの人生はとっても輝いてる。

たくさんのフォロワー。それもすごく大事だ。心まで汚して手に入れたものだから。

しかし、めいと一緒に何でもない話をする時間も同じくらい大切。

きっとめいがいなくなったら、あたしの人生は輝きを失ってしまうはずだ。

授業中。退屈で仕方なかったあたしは、スマホでこっそりSNSをチェックしていた。そして気づく。あたしの最近の投稿全てに、同じ奴がコメントを残していることに。「調子乗んな」「きも」「有名人に擦り寄るだけのクズ」「キラキラ（笑）」「この写真嫌いだわw」と、どれもこれも読む価値すらないものばかり。

すぐにブロックして、そのアカウントのコメントは一瞬で消え去った。こういった悪口コメント自体は別に気にすることじゃない。目立つ存在になった以上、変な奴らに絡まれるのはある程度仕方ないからだ。

しかし、少し気になる点があった。

今、ブロックした奴と全く同じやり方の嫌がらせがここ一カ月、毎日ほぼ同じタイミングで行われていたのだ。

最近の投稿全てにコメントをつけるところも、悪口の内容もほぼ一緒。おそらく同一人物がアカウントを変えて、何度も嫌がらせをしてきているのだろう。

ここまで粘着質なアンチは初めてだった。ブロックすれば一瞬で消えるとはいえ、それが毎日続くとなると、あたしもストレスが溜まる。それが相手の思うツボだとわかっているから、余計に腹が立つ。

それでも現実世界で害はないから、今まではなんとかスルーしてきたのだが。

あたしがページを更新すると、また新しいコメントが大量についていた。

さっきブロックしたのとは別のアカウント。しかし、そのコメントの内容は明らかに同じ人間だ。

「コメント消すな（笑）」「必死すぎない？」「可愛くないよー」「クソ女」……またゴミ以下のコメントが並んでいる。

あたしはそれを見て寒気がした。ここまで執着される理由がわからない。他人にそこまで執着できる熱量が怖い。

もう一度ブロックしようとした時、そのアカウントから新しいコメントが送られてきた。

その内容に思わず、あたしは口を押さえた。そうしないと声が漏れてしまいそうだったから。

「投稿されてた写真から住んでる家を偶然特定できてしまった……。写真には気をつけて！」

写真には気をつけて、などと書いてあるが、この人物があたしに悪意を持っているのはわかりきった事実だ。

本当に特定できたのだとすれば、それは偶然ではなく、血眼になって写真を隅々まで観察したからだろう。

そして、その事実をあたしに伝える時はまるで心配しているかのような、まわりくどい文面で送ってきた。これは警察に駆け込まれた時の対策だろう。「家を特定した。今から行きます」のような文面なら、警察も危機感を持ってくれるだろうが、今回の文章だけでは動きにくいはず。何かあったらまた教えてください、と言われてしまうのがオチだ。

——このままだと家まで来られてもおかしくない。

全身に怖気《おぞけ》が走る。あたしは気持ち悪いそのアカウントをブロックしてから、どうすればいいか考える。

ひとまず帰り道は一人にならないようにする。家に帰ったらすぐに鍵を閉める。そして家にいるお母さんに相談しよう。そう決めた。

その後の授業は何も頭に入らなかった。

幸いなことに、高校から家までの距離は短い。

家の近くの高校に進学したのを、これほど良かったと思ったのは初めてだった。めいも近くのマンションに住んでいるため、家のすぐ近くまで一緒に帰ってもらった。

「……理那、なんか様子変じゃない？」

めいはあたしの緊張を敏感に感じ取っているようだ。

でも全てを話して、めいを巻き込むわけにはいかない。

そもそも特定したという話自体、嘘《うそ》かもしれない。あたしをこうやって苦しませるのが目的かも。

それならかなり気分は悪いけれど、まだマシだ。得体の知れない人間に平和な日常を破壊されるのが、何よりも恐ろしいことだから。

めいと別れるT字路に到着する。ここからはどうしても一人になるが、ほぼ一本道で家まで辿り着ける。

「大丈夫。また明日ね」

あたしは笑顔を作ると、めいに小さく手を振った。

めいは何度かこちらを心配そうに振り返りながらも、T字路から離れていく。その後ろ姿を見送ってから、あたしは家の方角に向き直る。

そして——全力で駆け出した。

もし途中で誰かが待ち伏せしていたとしても決して振り返らない。とにかく家を目指すことだけを考える。

息が切れる。ここまで全力で走ったのはずいぶん久しぶりだ。持っているカバンが大きく揺れ、中身が激しくかき混ぜられている。

今のところ、誰かが追ってくる気配はない。ただの静かな住宅街だ。

あたしの家は普通の二階建て一軒家。

マンションと違って、すぐに玄関のドアまで辿り着ける。この様子なら何も起こらないかもしれない。

額から流れ出した汗が目に入る。それを手の甲で拭った時、自分の家が見えてきた。

きっともう大丈夫だ。だけど速度は落とさない。あたしはそのまま、家の玄関口まで駆け込んで。

「あら？ どうしたの、理那」

「え？」

玄関先には思わぬ光景が広がっていた。ドアを開いたお母さんと、宅配業者風の制服を着た男が話していたのだ。何か大きな段ボール箱を持っている。

「では、この伝票にサインをお願いします」

男は一度こちらを見て、ぺこりと頭を下げた後、お母さんに向き直ってそう言った。

「ええ」

お母さんは言われた通り、伝票にサインをする。

「何してるの？ 早く家に入っちゃいなさい」

その場に立ち止まっていたあたしをちらりと見て、お母さんは不思議そうに言った。

「う、うん」

宅配業者が家に来ることなんて日常的にある。別におかしなことじゃない。

そう自分に言い聞かせて、あたしはなるべく普通の態度を装って歩き出す。

そのまま二人の横を通り抜けて、一刻も早く家の中に入ろうとした。

その時だ。

ガシャン！と大きな音がした。あたしがとっさに振り返ると、男は持っていた段ボールを地面に投げ出していた。いきなり大きな声で何事か叫ぶと、男はポケットから金《かな》槌《づち》を取り出し、あたしに向かって振りかざす。

後悔しても遅い。

あたしは宅配業者の男に対し、直感的に嫌なものを感じていたはずだ。それでも家の中に入るという選択をしてしまった。怪しい男に近づいてしまった。これはあたしの選択が招いた結果だ。

金槌が勢いよく振り下ろされる。反射的に目をつむる。

そして――鈍い殴打音がした。

目を閉じ、何も見えない暗闇の中。あたしは疑問に包まれる。

……どこも痛くなかった。意識を失ったわけでもない。おかしい。ならなんで、殴打音がした？金槌は確実にあたしを狙っていた。何が……誰があたしの代わりに殴られた？

答えはほとんどわかっていて、答え合わせのためだけに、あたしは目を開いた。

地面は血だらけだった。それらはあたしの血じゃない。

――お母さんの血だ。

あたしと男の間に、お母さんが割って入っていた。お母さんは全身から力が抜けたようにその場にずるりと倒れ込む。

男は呆然とした様子で血に濡れた金槌を見ていた。

「理那……家に入って……ドアの鍵を閉めて……っ」

弱々しい声でお母さんが言う。そんな見捨てるような真似《まね》できるわけがない。

そう思ったのに。

男が正気を取り戻し、再びあたしを睨んだ。

殺される。本能的にそう感じたあたしは、じりじりと後退し、玄関の中へと入る。

男が再び叫んだ。そして倒れているお母さんを乗り越え、こちらに向かってきて。

あたしは玄関の扉を閉めてしまった。

内鍵を回す。ロックがかかる音がした。あたしの意思じゃない。

あたしの本能が勝手に鍵をかけてしまった。身代わりになってくれたお母さんを外に締め出す形で。

ダァンッ！　と玄関ドアを金槌で叩く重い衝撃が伝わってきた。

外では男が変わらず叫び声を上げている。その一方であたしはひたすらに無言だった。

恐怖が喉を締め上げて、あたしから声の一切を奪っていた。

金槌が玄関ドアに何度か打ちつけられた頃、騒ぎを聞きつけた周辺住民が集まってくる気配を感じた。

血を流したお母さんを見た悲鳴。電話で警察を呼ぶ声。数人で犯人を取り押さえているようなやりとりが聞こえた。

助けてくれるなら、もっと早く、何も起きていない段階で助けてくれればいいのに。

あたしは冷えきった心でそう思う。

何かが起こってからでは遅すぎるのだ。


そうして事件は一応の結末を迎えた。

犯人は二十代前半の男性。あたしが昔仲良くしていた女の子のファンだった。

その女の子は外見の良い新人役者として、デビュー当初は人気があったので、彼女に近づこうと思った記憶がある。

でも正直、彼女の演技はあまり上手くなかった。あくまで外見でもてはやされていただけ。出演する作品の数はみるみる減っていって、彼女の名前は忘れ去られていった。

一緒に遊ぶ利点がなくなったから、あたしもその子を切り捨てた。

だけど、向こうはあたしのことを仲の良い友達だと思っていたらしい。

結局、彼女は少し前に役者を辞めたみたいだが、引退前のライブ配信で、残った少数の熱烈なファンに向けて泣きながら、あたしに縁を切られた話をしていたというのを今回の事件の後に知った。

お母さんを殺した犯人は彼女の恨みを晴らすため、あたしのSNSに誹謗中傷《ひぼうちゅうしょう》のコメントを送るようになり、最終的には殺害を考えるまでにエスカレートしたのだという。

あたしがやったことは、お母さんを殺されなきゃいけないほどのことだったのだろうか。

そんなわけない。

誰かを殺すなんて、一番最低で、一番許されないことだ。どんな理由があっても、正当化されていいものじゃない。

事件の後、あたしの人生は一変した。

SNSのアカウントには、面白がった野次馬からのメッセージが殺到し、交流のあった有名人たちからは次々にフォローを外された。騒動に巻き込まれるのを嫌がったのだろう。

あたしを心配するようなメッセージは、有名な「友達」からほとんど来なかった。あたしが何年もかけて築き上げた人脈は半壊したと言っていい。

ネット上のまとめサイトでは「女子高生インフルエンサーのリナさん、親を殺されるｗｗｗｗ」みたいな見出しが乱立した。

刺激的な見出しでＰＶ数を稼いで金に換える。そういう醜い奴らの餌にされ、限界を迎えたあたしはトイレで何度も嘔吐《おうと》した。

あたしは事件が起きてから、学校に一度も行っていない。

どうせ今まで羨望の眼差しを向けてくれていた同級生たちも、今や好奇の目を向けるただの野次馬に変わっているだろう。

……唯一、本当に心配してくれたのは、めいだけだ。

めいからはたくさんの着信やメッセージが届いた。それでも返事をする気力がないあたしをめいは見捨てなかった。

毎日スマホが鳴り、あたしは事件から二週間が経って、ようやくめいの電話に出た。

そしてめいと他愛のない話をした。めいはずっと穏やかな声で接してくれた。

殺人犯も、面白がる周囲の悪意も、距離を取って逃げていく人間も、みんな大嫌い。

あたしが信じられて、好きでいられるのは、めいだけだ。

◇

わたしが物心つく前、父は人を殺した。

実刑判決を受けた父は、わたしが高校生になった今も刑務所の中にいる。

普段の父は物静かだったらしい。だけどお酒をやめられない一面があって、依存症に足を一歩踏み入れていたと聞いた。

父は母にお酒をやめると約束したけれど、こっそり居酒屋に通っていて、ある日、仲良くなった常連客と口論になり、近くにあった花瓶で殴りつけてしまった。そしてその常連客は亡くなってしまったのだという。

酒の勢い。そんな言い訳は通用しない。

わたしの父は、社会から殺人者として蔑まれ、批判され、その矛先は家族であるわたしたちにも向いた。

近所の人から無視され、家には誹謗中傷の文章や差別用語が用いられた張り紙が貼られ、ネット上にも親しい人間しか知らないような情報が流された。

母は父と離婚し、わたしを連れて引っ越した。

名字も変わって平和な日々が戻ってくる、と母は思っていたみたいだけど、しばらくしたらその引っ越し先でも殺人犯の家族という噂《うわさ》が広まった。

ネットにはずっと当時の記事が残っているし、流出した個人情報も出てくる。わたしたちは二度目の引っ越しをした。それでも時間が経つと、どこからか父の噂が湧いてくる。そうしたらまた引っ越し。そんなことを繰り返しているうちに、わたしは高校生になっていた。

「人を殺したのは私たちじゃない！」と母はヒステリックに叫ぶことが多くなっていた。でも仕方ないのだ。

わたしたちはどこまで逃げても『殺人犯の家族』。

それに母よりもわたしの方がひどい。母はもう父と他人だけれど、わたしは『殺人犯と血の繋がった娘』なのだから。小学校や中学校でもよくそう呼ばれて、いじめを受けることがあった。

それが原因でわたしは感情を表に出すのが苦手になり、一人で過ごすのが普通になっていた。だがその方が良いのかもしれない。

どんなに仲のいい友達を作っても、わたしが『殺人犯の娘』だと知った途端、手のひらを返したように侮蔑的な眼差しに変わるのだから。

――そう思って、わたしが何にも期待せず、ただ漠然と生きていた頃だ。

一人の女の子が声をかけてきた。わたしが高校二年生の時だった。

親友ができた。名前は堂咲理那。

SNSにハマっている、いつもキラキラした女の子。彼女はフォロワー数の多さを自慢してくるけれど、わたしにはその価値があまり理解できない。

SNSは苦手だ。ネット越しに見る人間にはあまりいい思い出がなかったから。わたしやお母さんの個人情報をバラまいて、苦しめる存在という認識が強かった。

フォロワー数が多いということは注目されているということ。それは何かが起こった時に掌返《てのひらがえ》しをするかもしれない人数の多さでもある。

わたしにはただただ怖いことのように思えた。しかし、理那はその数の多さで笑顔になっていた。だからわたしも余計な口出しはしていない。

理那はSNSでは有名人。だけどわたしはSNSに疎く、彼女をそういう風に特別視することはなかった。でもそれが理那にとっては心地良かったらしい。

確かに教室内を見渡してみれば、クラスの中心的な人たちはスマホで常に繋がるのが当たり前だと思っているみたいだし、SNSだってやっていて当たり前という雰囲気がある。

そんな状況ということもあって、理那は一目置かれているし、憧れを持っている子さえいる。それは理那の承認欲求をたっぷりと満たす一方で、息苦しさも生んでいたのだと思う。

だからこそ、理那のことを特別視しないわたしは、他のクラスメイトたちとは少し違った形で彼女と仲良くなれたのだろう。

本当は理那が初めて声をかけてきた時、拒絶しようかとも考えた。わたしが殺人犯の娘だとバレたら、理那もきっと離れていく。でもどこまでも明るく輝く彼女の誘いを断ることはできなかった。

当たり前だ。わたしは『殺人犯の娘』。だけど同時に『心の底では友達と楽しく過ごしたい普通の女子』でもあったのだ。

わたしは理那と仲良くなっていった。しかし、それと比例するように父のことが露呈するのをひどく恐れるようにもなった。

理那ならわかってくれるかもしれない、と思ったこともある。

だけどそんな淡い希望を打ち砕かれてばかりの人生だ。リスクを冒すような真似はできなかった。

わたしは自分の秘密を隠したまま、理那と親友であり続け――。

高校二年の秋。最悪な事件が起きた。

「理那のお母さんが……？」

灰色で重そうな雲が空を覆う朝だった。

教室に入ったわたしはクラスの女子たちに取り囲まれた。理那の現状を何か知らないかと聞かれる。

理那と一緒に行動するようになってから、クラスの子たちとも少しは話せるようになっていた。わたしが理那と親友だということをみんな知っているので、わたしがやってくるのを待ち構えていたようだ。

でも、わたしは知らなかった。

――昨日、理那のお母さんが殺されたなんて。

クラスのみんなも理那と直接話したわけじゃないらしい。

昨日の夕方頃、理那の家の周辺は警察によって立ち入り禁止にされていて、集まってきた報道陣や野次馬で大変な騒ぎになっていたようだ。

それを見たうちの生徒を中心に話が広まったのだと、クラスメイトたちが教えてくれた。

「見て。このネットニュース！　これって理那の家でしょ？」

スマホの画面を見せられる。そこにはネットニュースの記事と短い動画が載っていた。

動画には、確かに理那の家の外観が映っていて、殺害された被害者として表示された名前は理那のお母さんのものだった。

クラスメイトたちが嘘を言っているわけじゃない。

本当に理那のお母さんは殺されたのだ。

わたしはすぐにスマホを取り出すと、理那にメッセージを送った。反応はない。学校を抜け出して、理那の家まで行こうかとも考えたが、そもそも事件の後処理などで家にいない可能性もある。もしくは深く傷ついている理那に変な刺激を与えてしまうかもしれない。

わたしは小さく、意識的に息を吸って吐いた。

まずは何が起こったのかを正しく把握する。そして適切な形で理那と向き合うべきだ。そう思ってわたしは自分の席につく。クラスメイトたちは、わたしが何も知らないとわかって教室内に散っていった。

わたしはスマホでネットに広まった情報を集めていく。こういう時には他人の情報を金に換える人間たちが役に立つ。

殺人事件の話などを面白がる奴らがネットのどんな場所に集まるかは知っていた。わたしとお母さんの情報が散々流されたから。

おかげでその日の授業が全て終わる頃には、大体の状況が把握できていた。もちろん、フェイクの情報もある程度混じっているのは承知の上だ。しかし、大筋は間違っていないはず。

犯人が殺そうとしていたのは理那だった。理那のお母さんはそれをかばった。犯人は引退した女性役者のファンで動機はおそらく逆恨み。犯人の個人情報も特定されている。

理那の家には今、理那の母方の祖父母が来ているらしい。それらしい人たちの出入りが雑誌記者によって確認されているとのことだった。理那の父親は海外に長期出張している。こんな状況で理那が一人きりになっている可能性を心配していたが、そこは大丈夫そうだ。

今、わたしが直接会いにいっても、理那ときちんと会話をするのは難しいだろう。理那の家の周りにはまだメディアや面白半分でやってくる人間がいるようだし、わたしが家を訪ねることで、そういう人間たちが群がってくる可能性もある。しばらくの間はスマホでどうにか連絡が取れないか試そう。

わたしはそれから毎日、理那に電話をかけたり、メッセージを送ったりした。なるべく刺激を与えない頻度で。

返事は未だにない。

今の理那が誰とも話したくない精神状態なのは容易に想像がつく。だから無視されても気にしない。

理那は孤独じゃないんだよって、それだけが伝わればいい。

事件から二週間が経過した。

夜。いつものように理那に電話をかける。

長い呼び出し音の後——通話が繋がった。

「理那」

わたしは恐る恐る彼女の名前を呼んだ。

「……めい、ごめんね。ずっと連絡を返さなくて」

いつもみたいな元気がない、弱りきった声色。だけどそれは確かに親友の声だった。

二週間ぶりの大好きな理那の声。

安堵《あんど》しているわたしがいる。心の底ではもう連絡がつかなくなるんじゃないかという不安があった。でも理那はこうしてわたしの前に戻ってきてくれた。

その日の通話ではただの雑談をした。

コンビニで買ったスイーツがおいしかったとか、家でもお菓子作りを始めたとか、その程度の会話。

本当のことを言うと、理那の事件があってからはどんなスイーツを食べても感動できなくなってしまったし、お菓子作りをしようと思ったのは、作業に没頭している間、嫌な現実を忘れられるからだ。

でもそういう真実は伏せて、ただ穏やかな会話をした。

理那のお母さんのことも、事件に対する世の中の反応も、そういうのは全て知らないフリをした。今はただ理那の心を守れればそれで良かった。

通話は明け方まで続いた。二人とも眠気が限界で会話も途切れ途切れになっていた。

「じゃあ、そろそろ通話切るね。理那」

話の続きはもういつでもできる。ここから理那は少しずつ立ち直っていくはずだ。だから通話を切ろうとする時も怖くはなかった。

「めい、あのさ……」

「なに？」

「──ありがとう」

わたしは事件のことを全く話題にしていない。理那も事件に触れることはなかった。だけど理那の「ありがとう」の中には「こんな時でも支えてくれて」というニュアンスが入っているのが感じ取れた。

理那がそんなことを感謝する必要はない。

だってわたしたちは。

「いいんだよ、親友なんだから」

そうして理那との通話を終えた。

これから全てが良くなっていく。そう思っていたけれど。

わたしは忘れていた。

この世の中も、生きている人間たちも、虫唾《むしず》が走るほどに醜悪だということを。


理那との通話の翌日。

完全な寝不足状態でふらふらと高校の教室に辿り着くと、クラス中の視線がわたしに集中した。理那の事件があった翌日と似ている。だけど、妙にひりつくような棘《とげ》を同時に感じていた。

わたしが眉をひそめると、クラスの女子たちがまた取り囲んでくる。理那の事件に何か進展があったのだろうかと身構えていると、わたしを囲んでいた内の一人がまたネット記事を開いて見せてくる。

「墨嶋さん。この記事に書かれてるの、あなたよね？」

わたしは差し出された記事の見出しを見て目を見開く。

最悪だ。

見出しにはこう書かれていた。

『親を殺された少女と、親が殺人犯の少女の友情』。

実名は伏せられていたけれど、知っている人ならすぐわかる。

親を殺された少女の名前は、堂咲理那。

そして親が殺人犯の少女の名前は、墨嶋めい。

――わたしだ。

◇

昨日はめいと二週間ぶりに会話をした。

とても楽しかった。嬉しかった。

でも。事件後から肥大し続けているあたしの心の闇は全然消えない。

あたしは大好きなお母さんを殺された。

それなら、お母さんを殺した犯人を殺しても許されるべきだと思う。

だけど犯人は警察に捕まってしまっている。手が出せない。だったら犯人の大切な家族でもいい。殺してやりたい。

犯人は両親と良好な関係を築いていたとネットニュースで見た。

あたしのお母さんは殺されたのに、なぜ犯人の母親はのうのうと生きているのか。理解できない。

殺人犯の家族は、あたしから見たら殺人犯と大して変わらない。

家庭環境によって殺人犯を生み出した罪があるはずだ。そして凶行に走る犯人を止めることさえできなかった。とんだ無能。そんな人間たちは殺されても文句は言えない。

事件の後、諸々《もろもろ》の対応は母方の祖父母がやってくれた。あたしは自室に引きこもり、汚泥のような、粘ついた思考に浸りきっていた。

そんな時、ネットで『正義同盟』というワードが盛り上がっているのが目に入った。その思想に感化されたという人物の殺人宣言。投稿された殺害の証拠動画で盛り上がるネットの人々。日に日に拡散されていく『正当な善なる殺人』の思想。

興味を持ったあたしは動画サイトに上がっている『正義同盟』関連の動画をいくつか視聴した。

そして、あたしはそこに救いを見た。

【世の中には司法で裁けない悪が存在する。司法で裁けない以上、他の誰かが裁きを下すべきだ。たとえ殺人という極端な手段を用いても】

その文言はあたしの考え方と一致していた。

この世界は裁けない悪ばかりだ。事件のことを面白おかしく娯楽として消費している連中も、そういう馬鹿共を扇動して金を稼いでる連中も、殺人犯を生み出したのに罰せられないその家族も。

犯人も、ネットで騒いでる連中も直接殺せない。

となると、あたしがまず狙うべき裁けない悪は、殺人犯の両親だ。彼らの住んでいる場所はすでにネットで特定されている。押しかけることは十分可能だ。

必要な情報を集めて『正当な善なる殺人』を行おう。

スマホで事件について検索をかける。

すると事件に関する新しい記事がトップに出てきた。

その見出しを読んで、あたしは言葉を失う。

『親を殺された少女と、親が殺人犯の少女の友情』。

「どういうこと……？」

見出しをタップして記事本文を表示する。

動悸《どうき》がする。呼吸がしづらい。目の前に提示された記事の内容が上手く理解できなくて、何度も瞬きを繰り返した。

その記事に書かれていたのは、まずあたしの事件の詳細。これについては嫌というほど知っている。問題は記事の後半。

殺人犯を親に持つ「墨嶋めい」についてだった。仮名にはなっていたが、あたしを含め、近い距離にいる人間なら誰でも特定できる書き方になっている。

あたしは息を詰まらせながら、画面をスクロールしていく。その指は震えていた。記事の中で語られているめいは、あたしが全く知らない彼女だった。

幼い頃に父親が殺人犯になり、殺人犯の娘として周囲から叩かれ、引っ越しを繰り返していた。そして今、彼女の唯一の親友の母親が殺された。「殺人を呼び寄せる不幸の少女」として描かれ、別の事件とはいえ、殺人事件の加害者家族と被害者家族は今後も仲良くできるのだろうか。という締め方で終わっていた。

一見、考えさせられる内容に思えて、結局はあたしたちのことをエンターテインメントに仕立て上げた記事だった。記者の悪意は巧妙に隠されているが、当事者のあたしの目まで誤魔化すことはできない。

記事を閉じてスマホと共にベッドに倒れ込んだ。

事件関連のリンクなども記載されており、めいの父親が殺人犯であるのは疑いようがない。

しかし、あたしはめいが殺人犯の娘だということに嫌悪感を抱かなかった。

さっきまで加害思想に呑まれていた思考が急激に冷めていく。『正当な善なる殺人』に一瞬でも救いを見出したことに対し、自嘲気味に笑った。

元からわかっていたのだ。殺人犯の家族だからといって、無条件で悪いわけじゃないことくらい。

あたしはお母さんを殺した奴の両親を裁けない悪だと思い込もうとしたけれど、それは行き場のない怒りと悲しみをぶつける対象が欲しかっただけだ。

やり方もちぐはぐ。あたしをおもちゃにするネットの人間たちを憎みながら、そいつらが流した情報をもとに相手の両親の住所に押しかけようとしていた。

それに犯人の両親がもうある意味で制裁を受けているのも、頭の片隅では理解していた。めいの父親の事件の時にも同じことがあったと書かれていたが、近隣住民や興味本位の第三者から、犯人の両親が執拗《しつよう》な嫌がらせを受けている様子もネットに上がっていた。そんな境遇の中、犯人の両親が反論もせず、連日メディアの取材に頭を下げ続けていることも。

それをあたしは意図的に視界に入れなかった。その事実を認識してしまったら、裁けない悪だという論理が崩壊してしまうと思ったから。

殺人犯の家族にも本当に罪があるケースは存在するはずだ。劣悪な家庭環境が殺人の原因になる場合だってあるだろう。

でも成人済の子や、親が殺人を犯した今回のようなケースでは、家族はあまり関係ない気がする。少なくともあたしはそう思う。

だって殺人犯を親に持ち、「殺人を呼び寄せる不幸の少女」として記事に書かれている墨嶋めいは優しくて、あたしを見捨てずに心配し続けてくれる大好きな親友なのだ。

殺人犯の家族だとしても、何も変わらない。

あたしはめいが穏やかで、人見知りで、スイーツに目がない普通の女の子だって知っている。そう、普通の女の子なのだ。

そんな彼女が家族の都合で叩かれるのは間違っている。

そしてそう考えてしまったら、あたしがお母さんを殺した犯人の両親を殺すのも間違っているという結論が出てしまう。

その両親も色々な情報を見ている限り、成人済の息子がいきなり殺人を犯してしまった、普通の人だと思うから。

あたしの中に入り込んでこようとしていた『正当な善なる殺人』という思想は、いつの間にか消えていた。

こうやって弱った人間の心につけ込むのが『正義同盟』のやり方なのだと冷静になったあたしは気づいた。

まあ、そんなことはどうでもいい。もう関係ないことだ。

あたしには一つ心配があった。

それは記事が出てしまっためいの今の状況だ。

検索のトップに出てくる記事だ。クラスメイトたちに隠し通せるはずがない。

クラスメイトたちはいい子ばかりだ。めいがすぐひどい目に遭うとは思わないけれど、居心地は悪くなってしまうだろう。

どうにかしないと。

まずはしばらく見ていなかった、クラスのグループチャットで教室の様子を把握するところから始めよう。

あたしは通知を切っていたメッセージアプリを開いた。

◇

わたしの過去はすぐに学校中に広まった。

――殺人犯の娘。

そのことを知った瞬間、周囲の態度は一変した。

侮蔑、冷笑、恐怖。あとは完全な無視。

わたしの過去を知る前のクラスメイトたちは、そんなに悪い子たちじゃなかった。

でも、新しい事実を一つ知るだけで、人間の態度なんて容易に変化する。

真の意味で優しい人こそ、無視を選択する傾向にあった。

わたしと関わりたくない。だけどわたしを無意味に傷つけることも望まない。それが無視という形で現れる。

殺人犯という響きだけで恐怖する人が一番、数としては多いかもしれない。わたしに何かしたら、自分も殺されるんじゃないかというあり得ない想像をして、勝手に恐怖するのだ。わたしは殺人犯の父親とは別の人間だというのに。

そして何よりも厄介なのが直接、わたしに嫌がらせをしてくるタイプの人間だった。わたしが殺人犯の娘というだけで、一方的に叩いていいのだと誤解した馬鹿たち。そういう連中も少なからずいた。

クラス内だけじゃない。そういう害のある人間ほど、話を聞きつけて学校中から集まってくる。不快極まりない羽虫のように。

例の記事が出た翌日の昼休み。

完全に孤立していたわたしのところに、上級生の女子の五人グループがやってきた。面識は全くない。だけど顔を見ただけでわかった。

彼女たちの性格は捻じ曲がっている。

そう断定できるくらいに悪意が露《あら》わになっていた。こういった悪意を抱えた人間が普段どうやって生きているのか、穏やかに暮らせる瞬間はあるのかと本気で疑問に思うが、どんな場所に行っても似たような人間は必ずいた。

彼女たちはわたしが早起きして作ったお弁当が載った机を躊躇《ちゅうちょ》なく蹴り飛ばした。丁寧に作ったお弁当の中身は床にぶちまけられ、机の中に入っていた教科書も辺りに散乱した。わたしは彼女たちを睨む。

グループのリーダーらしき女子が薄ら笑いを浮かべて言った。

「殺人犯の娘とか気持ち悪い。人を殺した犯罪者の血が流れてるのに、よくそんな平気な顔してられるね。私だったら耐えられなくて自殺してるわ。てか、あんたもそのうち誰か殺したりするんじゃないの？　あんたみたいのと同じ学校に通ってるとか汚点でしかないし、もう学校来るのやめてくんない？」

わたしは思わずくすっと笑ってしまう。

「いかにも頭悪そうな物言いだね」

そう返すと、リーダーの女子は顔を真っ赤にして何か言い返してこようとする。

だけど、わたしはそれを無視して続けた。

「――あなたは、わたしがいずれ誰かを殺すんじゃないかって言うけど」

彼女の目をじっと見つめる。

「ここまで恨まれるようなことをして、自分が殺される可能性は考えないの？」

わたしの言葉に、リーダーの女子の顔から血の気が引いた。そんな簡単な可能性も想像できないなんてやっぱり頭が悪い。

その後、女子たちは全員が苦い表情を浮かべながら、何も言わずに教室を去っていった。

わたしは床に散乱したお弁当の中身や私物を黙々と片づける。その間、周囲のクラスメイトたちは見て見ぬフリをしていた。

自分の中で強烈な怒りが膨らんでいることにふと気づく。

全てが嫌になりつつあった。今までは父親が殺人犯だとバレたら逃げてなんとかしてきた。だけど今回は意味がないだろう。

注目度の高い理那の事件と結びつけて記事にされた今、場所を変えたところで、誰かしらはわたしのことに気づくはずだ。もう逃げきれない。

どこにいても悪意に踏みにじられる生活が待っている。

だからといって、わたしが理那を憎むことだけは絶対になかった。

理那は悪くない。

悪いのは、周囲だ。

憎む相手を間違えちゃいけない。

お弁当の中身を拾い集めてゴミ箱に捨て、教科書の整頓が終わると見た目は元通りになった。だけどわたしの心は思った以上にダメージを負っていた。

嫌がらせを受けたことにではなく、これから先も悪意にあふれるこの世界から逃げられないと自覚したことに対してだ。

わたしも理那も悪くないのに、なんでこんな苦しみを背負わなきゃいけないんだろう。

他に苦しむべき人間はいくらでもいるはずなのに。

昼食のお弁当がなくなって、暇になったわたしは椅子に座り、ぼうっとスマホを眺める。最近話題の『正義同盟』について解説しているページが、ポータルサイトのトレンドに上がっていた。わたしはその内容に目を通す。

裁けない悪。『正当な善なる殺人』。

普通に幸せな日常を送っている人には理解できないと思う。だけどわたしには言いたいことがわかってしまった。

さっきの女子グループの嫌がらせだって、厳密には何かしらの刑法に違反しているだろうけれど、裁判所で裁かれることなんてない。

ああいう連中が定期的に嫌がらせをしにくるなら、いっそわたしがこの手で殺してやれば見せしめになる。

裁けない悪を片づける。まさに『正当な善なる殺人』だ。

彼女らの言い分だと、殺人犯の娘もいずれ犯罪者になるらしい。

その言い分を証明してあげたらさぞ満足だろう。

しかし、わたしが実際に殺せるのはせいぜい一人か二人。その後は逮捕されてしまうはずだから、『正当な善なる殺人』を実行する場合はなるべく憎い相手を標的にするべきだ。一時的な怒りで、姑息《こそく》な嫌がらせしかできない学校の女子を殺しても、あまり意味がない。

「あの……墨嶋さん、ちょっといいかな？」

声をかけられて顔を上げる。そばに立っていたのは、クラスの中でもかなり真面目な女子生徒だった。

わたしに対して露骨な嫌悪感は見せず、緩やかに距離を取ることを選んだ人間だ。

「どうしたの？」

わたしはできるだけ穏やかに応答した。

すると彼女は目を少し伏せて一枚の名刺を差し出してきた。

「……今朝、学校の近くで記者を名乗る人にしつこく質問されたの。墨嶋さんと堂咲さんのこと。私は何も答えなかったけど、最近、墨嶋さんに気づかれないように周辺を探っているみたいだから注意して。これはその人が渡してきた名刺」

わたしに名刺を手渡し、さらにスマホで撮った写真を見せてきた。

「これがその人。遠くから撮ったから、ちょっとわかりづらいけど」

そこに写っていたのはラフな格好の女性。名刺に記載された名前も女性のものだ。

女子生徒は忠告だけすると、わたしにすぐ背中を向けた。

離れていく前に一瞬立ち止まる。

「ごめんね、こんな冷たい態度で。私もどうすればいいかわからなくて。でも墨嶋さんが変な人につきまとわれるのは見て見ぬフリできないから」

そうして真面目な彼女は去っていった。彼女から悪意は感じられなかった。伝わってきたのは困惑。殺人犯の娘として有名になったわたしにどう接すればいいかわからない。

だから距離を取るしかない。そういうことなのだと思う。

そんな中でも彼女はわざわざ警告しにきてくれた。かなりのお人好しだ。わたしは彼女を憎めない。もちろんその態度を非難するつもりもない。

もらった名刺を再度確認する。

わたしはそこに書かれた名前に見覚えがあることに気づいた。

スマホを取り出すと、すぐにその名前で検索をかける。トップには例の記事が出てきた。

『親を殺された少女と、親が殺人犯の少女の友情』。

わたしが殺人犯の娘であることを、世間に広く知らしめた記事。

その記事の末尾には担当記者の名前が載っていた。名字、名前共に名刺に書かれたものと完全に一致している。その他にも理那の事件を単体で扱った記事がずらりと出てきた。読者の同情を誘う書き方が多く、被害者目線で問題提起している記事もあったが、そんなことは関係ない。結果として、理那やわたしを傷つけている以上、何の言い訳もさせない。

この人物こそ、こんな最悪の状況を作り出した元凶だ。

わたしと理那の関係をエンタメ化し、母親を失った理那をさらに傷つけ、わたしの日常を大きく歪ませた。

報道の自由を盾に他人の人生を壊す、最悪の存在。

「……見つけた。裁けない悪」

こんな人間がいるから、世の中は良くならない。放っておいたら、わたしたちみたいな被害者がどんどん生まれてしまう。

どうせもう、わたしはまともな社会生活を送れないだろう。理那と一緒にいることだって難しくなるはずだ。

ならばせめて『正当な善なる殺人』を実行してやる。

いつまでも安全圏から記事を書いていられると思ったら、大間違いだ。

放課後。厚い雲が空を覆い、小雨《こさめ》が降り始めていた。

わたしは傘を差して、いつもと同じ道を通って帰路につく。

家は高校からそこまで離れていない。住宅街の中をしばらく歩いていくと、ひとけはほとんどなくなる。

しかし注意深く神経を尖《とが》らせていると、後方から静かに後をつけてきている気配があった。スマホの画面を見ているフリをして、フロントカメラを起動した。傘を少し持ち上げて後方を映し、追ってきている人物の顔を確認する。

道路の曲がり角に身を隠しているその人物は、昼休みに写真で見せてもらった女性記者だった。

よくよく思い返してみると、ここ数日、近所で何度か見かけたことがある顔だ。理那の事件が起こってから、この近辺をずっと嗅ぎ回っていたのだろう。

あの女が考えなしに記事を書いたせいで、わたしはまた平穏な生活を奪われた。しかも今回は理那の事件とセットで大きく注目された。

これからわたしを待つのは、いつ「殺人犯の娘だ」と指さされるかわからない恐怖と闘う日々であり、理那と笑い合いながら安らかに過ごす時間は永遠に返ってこない。

わたしのバッグの中には、刃先の鋭い裁ちばさみが入っていた。

本来はあくまで護身用だった。殺人犯の娘として周知されてしまった今、どんな理不尽に襲われるかわからない。突然暴力を振るわれる可能性だってある。中学の時に経験済みだ。

だからわたしは正当防衛を行えるように刃物を準備していた。もちろん普段から持ち歩いていたわけじゃない。さっきから後ろをつけてきている女性記者がわたしに凶器を持ち歩かせるようにしたのだ。

雨が強くなってきた。アスファルトで跳ね返る飛沫《しぶき》をじっと見つめる。足音はかき消え、傘で顔も隠せる。そのためか女性記者は少し大胆に距離を詰めてきた。

わたしが待ち構えていることも知らずに。

スマホをバッグにしまい、そのままバッグの中に入れた手で裁ちばさみを探り当てる。

――裁けない悪はこの手で殺すしかない。

わたしが記者を殺すことで、何かの問題提起になればいい。同じような苦しみを味わう被害者が減るといい。

理那のお母さんが殺された日に、理那と別れたT字路に差しかかった。背後には依然として気配がある。

そろそろ頃合いだ。

『正当な善なる殺人』を実行する時がやってきた。

わたしはT字路の真ん中でくるりと踵を返す。

女性記者は驚いた様子だったが、自分の正体がバレたとは思っていないようだ。一般の歩行者を装って通り過ぎようと、こちらに近づいてくる。

わたしと彼女の距離は五メートルほどまで縮まった。

「……あなたの記事で被害者たちがより深い傷を負うんだよ。自覚はある？」

わたしのつぶやきが相手に届いたかどうかはわからない。雨音に全てかき消されてしまったかもしれない。

ただ、わたしがバッグの中から裁ちばさみをバッと取り出した瞬間、女性記者の顔色が変わったのはわかった。

わたしがこれから何をしようとしているのか気づいたようだ。

傘を勢いよく投げ捨てた。バッグも道に放り投げた。

――もうどちらもいらないものだ。

髪も顔も制服もびしょ濡れになって、それでも一切構わずにわたしは記者へと突っ込んでいく。右手に強く握りしめた裁ちばさみをしっかりと構えて。

「うぁあああああああっ!!」

叫ぶ。決して途中で冷静にならないように。立ち止まらないように。

雨は小雨から土砂降りに変わっていた。

わたしの叫び声すらも、雨音に呑み込まれていく。女性記者の姿がどんどん近くなって、動揺したその表情がはっきりとわかるようになった。

わたしはその表情を直視していられず、無意識に顔を伏せた。

ドス、と重い感触。

裁ちばさみの鋭利な刃が、肉を確かに貫いた手応えがあった。

浅い呼吸を繰り返しながらゆっくりと顔を上げる。

そうしてわたしの目には血を大量に流した女性記者が映る――はずだった。

だけど実際の視界には思いもしない光景が広がっていた。わたしにはその意味が理解できない。理解したくもない。

目を見開いたわたしの頬が両手でそっと優しく包み込まれた。

「……どうして」

「あたしは、めいが他の誰かを殺すところなんて見たくないんだ」

アスファルトを叩く雨水に、上質な赤ワインみたいな色の綺麗な血が混じっていく。

彼女の心臓が鼓動するたびに腹部の傷口から血液があふれ出る。

わたしの両目からは熱い涙が流れ出て、T字路に広がっていく彼女の血の海に、涙の雫《しずく》が落ちた。

わたしが突き出した裁ちばさみは今更なかったことにはできないくらい、皮膚を破り、肉の奥まで深く突き刺さっている。だけど、それは女性記者の身体にじゃない。

目の前には、女性記者をかばうように立ち塞がる——理那の姿があった。

◇

昨日、久しぶりにメッセージアプリを開いて、クラスのグループチャットを確認したあたしはめいの置かれている状況を大体理解した。

そこに書き込まれていたのは、例の記事と困惑のメッセージの数々。

めいはクラスメイトたちと少し距離があることもあって、グループチャットには入っていなかった。何か連絡事項がある時だけ、あたしがめいに教えるという形で特に問題なかったからだ。

グループチャットでは、これからめいとどう向き合っていくかについて相談が行われていた。

めいへの直接的な誹謗中傷はかなり少数だった。全くないわけではないことが悲しかったけれど、誹謗中傷をたしなめるメッセージもちゃんとあった。

気にしないように優しく振る舞うべきという声も複数あったが、大多数がしばらく遠巻きに様子を見たいという意見だった。

めいはおそらく教室で完全に孤立しているはずだ。

だけどそれは周囲の悪意によってそうなっているわけではない。周囲の人間たちもショックを受け止める時間が必要なのだ。

しかし、めいはその孤立を人々の悪意によるものと捉えてしまうだろうと思った。

たとえこのグループチャットを見せても信じきれないはずだ。もしくはネガティブな方向に解釈するかもしれない。

過去に嫌がらせを受けている以上、それは仕方のないことだ。

今、めいに必要なのは、優しく誰かが寄り添ってあげること。そしてそれができるのはあたしだけだった。

めいは電話に出なかった。きっとあたしとどう向き合えばいいのかがわからなくなっているのだろう。だとすれば、直接会いにいくしかない。

だから、あたしはめいが下校する時間を狙って家を出た。

なるべく人目につかないところで会いたかったからだ。教室は論外。登校時もまばらに同じ学校の生徒がいることが多いので避けた。

外は雨が降っていた。

ちょうどいい。雨と傘は周囲の注目を逸らすことができる。

あたしはいつもめいと別れるT字路の近くで、彼女を待つことにした。

そして降り続いた小雨が土砂降りに変わった頃だった。

遠くにめいの姿が見えた。あたしは何か変な空気感を察知してT字路の陰に身を隠す。

めいの後ろをずっとついてきている女性がいた。それだけなら、目的の方角が一緒なんだろうと気にしなかったけれど、その人物はずっとめいから視線を離さなかった。まるでじっくりと観察するように。

あの類の気配を放つ人間には覚えがあった。

ここ最近、あたしの家の周りでも同じような動きをする人物を何人も見かけたからだ。

たぶん何らかのメディアの人間。あたしたちのプライベートを土足で踏み荒らし、金に換える汚い大人だ。

めいに声をかけるのは別のタイミングにするべきだろうか。

T字路から少し距離を取ってあたしは悩む。結論が出ないうちに、めいが目の前を横切っていく。電柱の陰に隠れたあたしには気づいていないようだ。

声をかけるのはいったん諦めよう。

あたしがそうやってため息をついた瞬間。

めいが予想外の行動に出た。

持っているものを全て放り出し、後方を勢いよく振り返る。その手には鋭いはさみが握られていた。

めいの憎悪に歪んだ形相を見て、一瞬で状況を理解する。

理由はわからないが、めいは後ろをついてきている女性を殺す気だ。

――ダメだ。それだけは。

あたしの足は勝手に動き出していた。

殺人犯の娘もいずれ同じような犯罪者になる。めいがそういった心無い言葉をかけられて育ってきたことは記事で読んだ。だけど周囲の悪意に踊らされて、本当に誰かに危害を加えてしまうなんて悲しすぎる。

めいが行き場のない憎悪を抱えているというのなら、あたしがどうにかしてみせる。

あたしは、めいの親友なんだから。

　ほとんど飛び込む形で、あたしはめいと女性の間に割って入った。

「……どうして」

　めいの震える声が聞こえた。

　あたしはなだめるために、めいの頬を優しく両手で包む。

「あたしは、めいが他の誰かを殺すところなんて見たくないんだ」

　……本当なら、めいから凶器を取り上げて、殺人犯になること自体を防ぎたかった。

　でも、あたしはそこまで器用にできなかった。視線を落とす。

　あたしの腹部には、はさみが見事に突き刺さっていた。

　あまりの激痛に身体がぐらりと倒れそうになる。それを防ぐためにぐっと全身に力を入れると、傷口から血液が噴き出した。

　視界が明滅する。全身から血の気が引いていく。

　たぶん自分は死ぬのだと直感で理解した。

　結局、めいを殺人犯にするのを止められなかった。思考が鈍った頭の中でぐるぐると回るのはそんな後悔。

　そして殺人犯になっためいを残して、自分がこの世を去る事実も耐えがたかった。親友を殺したというレッテルを貼られた後のめいを支えてあげられる人はいない。

　めいの今後の人生は地獄だ。

あたしがそんな未来に誘導してしまった。

一つだけ、めいを救う方法があるのは知っていた。

でもそれをあたしから切り出すことはできない。どのみち残酷な道を歩むことになるから。

だからめいが地面にへたり込み、あたしの足に縋って泣きながらある願いを口にした時、ほっとした。

めいはあたしと同じ答えに自ら辿り着いてくれたのだ。

「置いていかないで……置いていかないで！　こんな世界、もう嫌！　わたしのことも殺して!!」

もしかしたら、あたしは一人で死ぬのが怖かっただけかもしれない。めいのためと言いつつ、一緒に死んでくれる相手を探していただけなのかも。

しかし結果として、それがめいのためになるのは間違いない。だからそこに至るまでの過程なんてどうだっていいのだ。

あたしは優しく笑った。

「じゃあ一緒に行こう。めい」

座り込んだめいをその場に立たせる。

そして自分の腹部に突き刺さっていたはさみを力いっぱい抜き取った。傷口を塞ぐ形になっていたはさみが抜かれたことで、あり得ないほどの量の血が周囲に飛び散った。

だけど、あたしにはもう余分な血液はいらない。

右手にはあたしの肉を抉《えぐ》った鋭いはさみ。

あたしはあまり力の入らない右手を強く握りしめ。

目を閉じためいの首元を一息に切り裂いた。

彼女の薄い首の皮はいとも簡単に破れ、動脈は破裂した。

めいは何も言葉を発さずにその場に崩れ落ちた。

即死だと思う。きっと苦痛は感じなかったはずだ。

土砂降りの中、あお向けに倒れためいの死体は幸せそうだった。

こんなことを幸せと感じるような人生は間違っている。

あたしの両目からは涙があふれて止まらなかった。

あたしの事件が起きなければ。めいの父親が殺人を犯さなければ。

あたしとめいは普通の女子高生として、ただ楽しい日々を送ることができたのに。

視界が暗くなってきた。あたしもそろそろ限界みたいだ。めいがいなくなった今、あたしが立っている理由はない。

そう思って力を抜こうとした時だ。

スマホのシャッター音が聞こえた。

あたしは無表情で視線を背後に向ける。

そこには少し震えながらも、スマホのレンズをこちらに向けて、気持ち悪くにやついている女性の姿があった。

かなり凄惨な光景だったはずなのに、悲鳴の一つも上げない時点で逃げたかと思っていたが……救いようがない。

「これであの記事の続きを書けるわ！　親を殺された少女と殺人犯を親に持つ少女が、未来を悲観してお互い殺し合う。絶対にアクセス数を稼げる！　理那さん、あなた最高よ！」

さらに何度もシャッター音が響きわたる。

血を流した人間が二人も目の前にいて、救急にも警察にも通報する様子は全くない。挙句、殺人行為を働いたあたしを名指しで賞賛する。人間として終わっていた。

同時に言動から、彼女が何者なのかも理解した。

めいをここまで追い詰めた記事を書いた記者だ。この状況を招いた根源。なのに、彼女はそれを自覚することなく、嬉々《きき》として殺人現場の写真を撮り続けている。

あたしは足を引きずりながら女性記者の前まで行く。彼女は困惑した表情を見せた。

めいに襲われそうになった時からずっとそうだ。女性記者は一度も恐怖の表情を見せなかった。動揺、困惑。そんな顔ばかり。

まるで自分は安全圏にいると思い込んでいるみたいだ。

あたしは微笑む。女性記者は馬鹿みたいに微笑み返してきた。

そんな彼女にあたしは告げる。

「──そんなにアクセス数が欲しいなら、もっと面白くしてあげるよ」

最後の力で右手を高く持ち上げる。そしてはさみの重さに任せて──鋭い刃先を女性記者の左目に突き刺した。

「自分が書いたひどい記事のせいで殺される記者っていう題材は、世の中の興味を引けるんじゃない？」

住宅街に女性記者の絶叫が響きわたる。みっともない。

お腹《なか》を刺されたあたしも、喉を裂かれためいも、そんな風に騒ぎ立てることはなかったというのに。女性記者は地面に転がって激しく暴れた。

そのまま絶命しなかったことを考えると、突き刺しが少し浅かったらしい。

ほとんど力が入らなかったから当然といえば当然だった。まあ、すぐに死ねた方が楽だったのかもしれないが。

一刻も早く異物を取り出したいと思ったのか、女性記者は眼球に刺さったはさみを両手で引き抜く。

あたしがはさみを腹部から抜き取った時のことをもう忘れたらしい。あたしは最初から死ぬ覚悟で引き抜いたが、命が惜しければ、一度刺さった刃物は抜かないことだ。

あたしは視線を外した。知らない女が汚い血を撒き散らすところを見る趣味なんてない。あたしはもう、めいだけを見ていたい。

足がもつれる。感覚がなくなってきた。地面に横たわるめいのところまでなんとか辿り着いて、あたしはその隣に倒れた。

雨音だけが鼓膜を揺らす。

いつの間にか女性記者の叫び声はしなくなっていた。少し浅かったとはいえ、命を落とすレベルの重傷には違いない。

もうすでに死亡したか、その前にショックで意識が飛んだか、そのどちらかだろう。

どのみち彼女が助かることはないはずだ。

「やれることは全部やったよ。これでいいよね？　めい」

雨に打たれて冷えきっためいの手に自分の手を重ねる。

空を見上げているはずなのに、あたしの視界にはもう何も映らなくて、そんな中で思い出したのは、少し前にめいと交わした会話。

「……あ。結局、有名店のカップケーキ、食べにいけなかったな」

もし。

もし来世があって、めいも隣にいて。

そんな奇跡が起こったら。

今日のことでも愚痴りながらカップケーキを食べよう。

その時は有名店のカップケーキを買うんじゃなくて、二人で楽しみながら手作りするのもいいかもしれない。

12

「囚人番号NO．２『リナ』、囚人番号NO．３『メイ』。その罪の開示を終了する」

ジャッカの声が耳に届き、リナとメイの瞳から紫色の光が消える。

ボクは苛立ちを覚えていた。罪の本に出てきた女性記者に対してだ。

人それぞれの考え方があるのは理解している。

その上でボクは女性記者が一番の悪だと感じた。

今回の罪のトリガーとなったのが、女性記者の書いた記事であることは疑いようがない。

もしもそれをミルグラムがヒトゴロシと捉え、女性記者が囚人として現れたなら、ボクは彼女を赦さなかっただろう。

しかし今、ボクの目の前にいるのはリナとメイだ。罪を語り終えた二人は当時のことを鮮明に思い出したのか、少しだけ苦い顔をしていた。

罪の本の中で行われた殺人は三件。

まずメイが誤ってリナを刺し、結果的に殺した。

次にリナがメイの願いを聞き入れて殺した。

最後にリナが女性記者を殺した。

この三件に対して、ボクは一つの裁定を下さなければならない。

メイが間違ってリナを殺してしまったこと、そしてリナがメイの命を奪ったこと。この二件に関しては、刑法に則って裁く必要はないと思っていた。特にミルグラムという空間では。

罪の本によってリナとメイの考えは開示されており、二人とも自分を殺した相手を全く恨んでいない。それは監獄内での振る舞いを思い出しても間違いない。

ならばこの二件の殺人については、ボクは赦していいと思う。

すでに納得している二人の気持ちを無視して、殺人は違法だと騒ぎ散らすのは野暮だろう。

問題となるのは三件目の殺人。

それを赦すかどうかで最終的な裁定が決まる。

リナは自分の意思で女性記者を殺した。私怨で人を殺す。これは明らかにやってはいけない行為だ。だがボクは女性記者の行いも赦すことができない。

そもそも、最初に女性記者を殺そうとしたのは、リナではなくメイだった。

メイが女性記者を殺そうとした原因の一つとなったのは『正当な善なる殺人』だ。

しかし今回のケースはタツミの時とは違う。

メイは殺人を無理やり正当化しているわけではなく、恨んで当然の相手を裁けない悪と認識し、殺そうと考えた。

リナは『正当な善なる殺人』の思想にのめり込むことはなかったが、自覚しているかは別として、結果的に「裁けない悪」を殺人という方法で始末した。

リナとメイの気持ちや行動を肯定すれば、ボクは『正当な善なる殺人』という、裁けない悪は殺してでも罰するべきという思想を認めることになってしまう。

反対に否定すれば、女性記者のように法で罰せられない安全圏から、メイのような人間を虐げることを良しとする形になる。

どちらを選んでも、ボクは全くのクリーンではいられない。

いかにもミルグラムが好きそうな、最悪の二択を迫る問いだった。

ボクが顔を歪めると、両手を手錠で拘束されたマコが挑発するように話しかけてくる。

「何を考える必要があるの、エス？　わかってるんでしょ。リナとメイの女性記者に対する行動を肯定すれば、『正当な善なる殺人』を間接的に認めることになる。それはあなたの立場として絶対に避けたいはず。なら裁定は決まってるじゃない」

「……裁定を下すのはボクだ。余計な助言はいらない」

「はいはい。私は黙ってるよ」

マコは椅子の背もたれに寄りかかって目をつむった。トモナリはボクとマコのやりとりを特に感情のない顔で眺めていた。

「……そういえば、マコもトモナリも動じないんだな。リナもメイも、もう死んでいるのに」

そうやってつぶやいたボクの声は確かにマコとトモナリに届いたはずだ。

しかし、二人とも沈黙したまま、まるで聞こえなかったかのように無視をした。リナとメイの最期をあらかじめ本人たちから聞いていたか、もしくは——自分たちも心当たりがあるか。そのどちらかだろう。

ボクは思考を本題に戻す。

さっきマコが言っていたこと、それ自体は正しい。

ボクはタツミを突き落として殺した彼女と真っ向から対立している。『正当な善なる殺人』を否定し、『正義同盟』を否定し、ここまでやってきた。

そういう立場にある以上、ボクはメイが女性記者を殺そうとしたこと、そしてリナが実際に殺したことを赦すわけにはいかない。

だけど。

自分の立場を裁定結果に絡めるのは違うと思った。

ボクはあくまで囚人たちの罪と真摯に向き合い、その他のことは考慮せずに裁定を決めたい。

だからボクはリナとメイに質問をした。

「リナ、メイ。お前たちはこの監獄で過ごす時間が嫌いだったか？」

彼女たちの顔を交互に見る。二人はきょとんとした様子だ。もっと殺人について詰めるような問いが来ると思っていたのだろう。

聞くべき質問はこれだけでいい。それも返ってくる答えがわかっていて、ボクはあえて訊ねたのだった。

黙って回答を待つ。

リナとメイは顔を見合わせた。それから二人ともボクの方に向き直る。

二人は優しい表情を浮かべて、静かに首を横に振った。

それはミルグラムでの時間が嫌いではなかった、という意味。

「手作りのカップケーキも食べられたし、記憶を思い返しながらメイと語り合ったりしてさ」

「死ぬ前にやり残したこと、リナと二人で全て終わらせることができましたから」

リナとメイはそう言って小さく幸せそうに笑った。

——裁定は決まった。

一見複雑そうに思えた罪の本だったが、結局ボクが判断するのは、裁けない悪である女性記者を殺したのを是とするかどうかの一点に絞られる。

正直、ボクはどちらの意見が正しいか決めることはできなかった。女性記者を殺すことが正しい行為だとは思わない。しかし女性記者のような醜い存在を見て見ぬフリすることもできない。

だから他の判断基準に頼ろうと思った。

ここは監獄ミルグラム。看守が自ら決めたのであれば、どんな基準で裁定を下しても構わない。

リナとメイが、全ての審判が終わるまで二人寄り添えるのなら。

冷たい雨に打たれて、悲しく終わったはずの二人の物語をもう少しだけ続けられるのなら。

それでいいと思った。

たとえボクが自己矛盾に陥るとしても。

「囚人『リナ』、囚人『メイ』。ボクはお前たちを――赦す」

喫煙2

火のついた煙草をくわえたまま、白で統一された殺風景な施設の廊下を歩いていく。

リナとメイの裁定はどちらに転んでもおかしくなかったので、特に意外な結果だとは感じなかった。

予想外だったのは、氷森統知が最後の判断を感情に任せたという点だった。審判が終わった後、何を基準に判断したのかと訊ねると、彼は思考を整理するようにゆっくりと裁定を下す前に何を考えていたのかを教えてくれた。

無感情かつ他人に興味がないと評価されていた頃とはずいぶん変わったようだ。

自分の罪の記憶を取り戻し、看守エスをやり遂げた湖上澄から影響を受け、タツミの死に直面した。

ミルグラムでの強烈な体験が統知を急激に成長させているのだろう。

論理と感情を使い分けて裁定を下す彼はやはり理想の人材だ。

……このまま、上手く仲間に引き込むことができればいいのだが。

「おい」

不意に男性の声に呼び止められる。

考えごとをしていたせいで気づかなかったが、すぐ正面、廊下の突き当たりの壁に横柄な態度の男が寄りかかっていた。うちの上司だ。

「どうしたんすか？ そんな不機嫌そうな顔して」

「そんなもん、ここで吸うんじゃねぇよ」

そう言って上司が指さしたのは煙草だった。仕方がないので、持っていた携帯灰皿で煙草の火を消し、吸殻を中に放り込む。

「はぁ。煙草を吸っちゃいけないって規則はないんすけどね」

「そりゃ当たり前だろ。吸おうとするヤツはオマエ以外にいないんだから。もっと無害で大きな快楽を得られる合法物質は腐るほどある。ま、オレ様はいつも満たされているから、どれもやらないがな」

「どうせあんたはミルグラムで『美学』とやらを追求してる時が一番楽しいんでしょう？」

「『楽しい』なんて簡単な言葉一つでまとめんじゃねえよ。この仕事はとてつもなく壮大で、どこまでも魅力的だ。この感情は心酔に近い。——それで氷森統知はどんな調子だ？」

「裁定は順調に進行中だと報告したっすよ？」

「そういうことじゃねえ。オレ様が気になっているのは、アイツがあの場にいることで妙な負荷が発生してるんじゃないかってことだ。本来、アイツはあそこにいていい存在じゃない。オマエがどうしてもと言うから、特別に許可してやったんだ」

「その辺りもちゃんと監視してます。本人、ミルグラムの環境共に異常はなし。今後の審判にも影響はありません」

「……ふん、ならいい。オマエはなんだかんだ言って、ここじゃオレ様に次ぐナンバーツーの成績だからな。その仕事を疑う気はねぇよ」

少しの沈黙が廊下に流れる。上司の用件は終わったらしい。

「そういや、氷森統知との間で前任のジャッカロープの話題が度々出るんすけど、彼女って結局どうなったんです？」

そんな質問を気まぐれに投げかけると、上司はため息をついた。

「器は捕らえたが、中身には逃げられた。ヤツがいたのは別の施設だったから、対応が遅れてな。腹立たしい」

「そうっすか」

てっきり処分されてしまったのかと思っていたが、どうにか逃げられたようで良かった。上司はあからさまに苛立っているが、自分は心の中でうっすらと笑う。

ざまあみろ、という気分だ。

「それじゃ、そろそろ仕事に戻るんで」

軽く会釈をしてから上司のもとを離れ、自分の仕事部屋へと向かう。
ミルグラムも決して一枚岩じゃない。
それがわかっただけで、今はすごく気分が良い。

13

リナとメイの裁定が終わり、夜がやってきた。

罪の本が手首から外れても、あの二人は常に一緒にいる。

自分たちの罪が受け入れられたからか、彼女たちは前よりも笑顔で楽しそうに過ごしていた。

その姿を見かけるたびに、ボクは自分の選択が正しかったことを実感した。

だが同時にあの裁定を下したことによって、大きな自己矛盾を抱え込んだのも事実だ。

「正直、リナとメイを赦すとは思わなかったな」

独房の鉄格子の向こう側。簡素なベッドに腰かけたマコが静かにこちらを見つめる。

ボクは監禁されているマコの様子を確認するために、彼女の独房まで足を運んでいた。

しかし特に話すことがあるわけではない。

あくまで看守の仕事としてやっているだけだ。

「……少しおとなしくなったか？」

独房内のマコは今までと違って、少し疲れた表情を見せていた。

監獄の支配者としての顔でもなく、タツミを突き落とした殺人者の顔でもない。ただの少女の顔をしていた。

「ちょっと疲れちゃって。もう私がこの監獄でやれることはないし、エスは自己矛盾を受け入れるし。張り合いがなくなっちゃった」

ボクはリナとメイが女性記者を殺したことを肯定気味に捉え、「赦す」という裁定を下した。

それはつまり『正当な善なる殺人』を許容することと同義だ。

『正当な善なる殺人』という歪んだ思想は今でも嫌いだ。しかし状況によっては、全否定できないケースがあることを知った。

『正義同盟』という概念を作り、ネット上で殺人を扇動したマコを赦すことは絶対にできないと思っていた。だけど今は正直、その行為をどう捉えるべきかわからなくなっている。

マコがタツミを殺したことは明らかな罪だ。

だがミルグラムでその是非が問われることはない。

——ミルグラムは罪を裁く場所であり、人を裁く場所ではない。

ミルグラムが看守に求めているのは、あくまで罪の本に書かれた内容を赦すかどうかだ。だとすれば、監獄内での行いは対象外にするべきだとボクは思う。

もちろん囚人の振る舞いによって、看守の心証が悪くなることはあるだろうが、罪の本の内容を完全に無視して裁定を下すのはミルグラムの趣旨から外れる。

「エスは色々考えすぎだよ」

ぼんやりとした表情で、マコは独房の低い天井を見上げる。

「もっと簡単に考えた方がわかることもある。私が『正義同盟』を作った理由だってそう。すごくシンプル」

ボクは黙ったまま、何の返事もしなかった。どんなことを聞いても、罪の内容に関わると判断されてしまいそうだったからだ。

結局、罪の本が開かないことには始まらない。

ボクはそっとマコの独房から離れた。しばらく彼女の視線を感じたが、一度も振り返ることはなかった。


それから二日が経過した。

パノプティコン中央、白い円卓。すでにボクをはじめとして、リナとメイ、トモナリ、マコが着席している。

三十分前、ジャッカから次の罪の本の開示が行われると聞かされた。

前回の裁定から二日が経っているから、それ自体は特に問題じゃない。

……問題は別にある。

二日前の夜、マコの独房から看守室へと戻った時。ジャッカから次に裁定を下す対象囚人が告知された。

今までは囚人番号順に罪の本が開いていた。

だからボクは無意識のうちに、次は囚人番号NO．4のトモナリを裁くものだと思い込んでいた。

そうして、まんまとしてやられたのだ。

「まさかこのタイミングでお前の罪の本が開くなんて思わなかった」

ボクが視線を向けた相手。

それはトモナリではなく――マコだった。

「私は別に意外じゃなかったけどね。エスはきっと私を巨悪か何かだと思っているんだろうけど、そんなことはない。騙す気満々の裁定順でもわかるよね。ミルグラムがお膳立てしているんだよ、全部」

マコは『正義同盟』を作った張本人であり、この監獄で最大の敵。

『正当な善なる殺人』によって道を踏み外した囚人たちの裁定を全て終え、最後に向き合う囚人だと思っていた。

しかし、現在の状況はボクの想定していた光景から大きく外れている。

このタイミングで『正義同盟』の大本であるマコを裁くとして、それなら残されたトモナリはいったい何者なのだろうか。

円卓の上にはジャッカが座っていて前足で顔をかいていた。ボクとは目を合わせようとしない。

ボクはトモナリに視線を移す。彼はこんなひりついた空気の中でも、まだ無害そうな笑みを返してきた。

……ボクはおそらく見誤った。

この監獄ではマコが派手な動きをしていたため、ボクの注意はいつも彼女に引きつけられていた。

そのせいであまり気にならなかったのだ。他の囚人に比べて、トモナリとの接点が異様に少なくても。

たぶんそれは悪手だった。もっとよくトモナリを見ておくべきだった。なんだかとても嫌な予感がする。

「……それじゃ、そろそろ始めましょうか。エス」

ジャッカがようやくこちらを向いてボクと目を合わせた。

「言っておきますけど、自分はエスを陥れるつもりはないっすよ。自分はエスの味方です」

「さっさと始めてくれ。ボクは今のお前を信用する気はない」

冷たく突き放すと、ジャッカは少し寂しそうに口元をもごもごと動かし、それからいつもの事務的で冷淡な態度に移行した。

「――罪の本が開く。囚人番号NO．5『マコ』。罪名【純愛の罪】」

「純愛の罪？」

ボクは思わずジャッカの言葉を復唱した。

純愛。今まで見てきたマコとはかけ離れた単語だ。タツミの罪の本の中でも、純愛という単語が出てきたが、マコが恋愛小説に影響されて理想の恋を追い求めている姿は想像できない。

円卓にセットされた罪の本から紫色の光が放たれる。

光に意識を支配される前にマコはつぶやいた。

「やっぱり、私はミルグラムが嫌い。隠したかったこと、隠していたかったことを無理やり暴こうとするから」

その声は弱々しかった。まるでマコが凶悪な殺人者ではなく、普通の女子だと錯覚するくらいに。

「私は『正義同盟』事件の首魁《しゆかい》で、どうしようもない悪人で、この監獄では殺人者。それで終わりで良いのに」

その言葉を最後に、マコの瞳が紫色に輝く。

監獄内で最悪の囚人だと思っていたマコの罪が明かされる時がきた。

しかし、ボクはさっきからずっと——妙な胸騒ぎを抱えている。

罪の本　マコ

囚人名「境居真恋《さかいまこ》」
罪名【純愛の罪】
記述内容を開示。

秋の夕方。私の部屋の中は薄暗かった。

カーテンを通して、夕暮れのかすかなオレンジ色が入ってきている。部屋の中では、机の上に置かれたノートパソコンの画面だけが強い光を放っていた。

あのノートパソコンで、私は大量の猛毒を世に拡散させた。

その猛毒の名は『正当な善なる殺人』。

世間で話題になっていた別の事件を土台として利用し、『正義同盟』という看板を掲げて広めたその馬鹿らしい危険思想は、一部の人間の考え方を歪ませ、本来なら起こり得なかったはずの殺人を発生させた。

世の中には裁けない悪が存在する。

それは真実だと思う。だけど、その問題を殺人という形で解決しようとするのはあまりにも乱暴だ。そんなものは正義ではない。

『正義同盟』に共感して事件を起こした人間たちが、私のこの本心を聞いたら驚くだろう。彼らには感謝している。私が説いた破綻寸前の思想に縋って「『正義同盟』の事件」を引き起こしてくれた。

おかげで私は自分の目的を達成できた。

そしてまさに今、最後の仕事に取りかかろうとしている。

私は『正義同盟』の事件において、一切自分の手を汚すことはなかった。ただ『正当な善なる殺人』という思想を語っただけだ。

特定の誰かに殺人教唆をしたわけでもなく、ただネット上で特定の思想をバラまき続けただけ。

それに勝手に食いついた異常者たちが起こした殺人事件とは何の関係もない。

そうして私は——自分自身を「裁けない悪」にすることができた。

それが一番の目的だった。

死んでも同情する余地のない悪役になる必要があった。

『正義同盟』も『正当な善なる殺人』も、全てはそのための大掛かりな装置に過ぎない。

部屋の中、私と向き合う形でトモナリが立っていた。

私の大切な幼馴染。私が恋をした幼馴染。私が歪ませた幼馴染。

トモナリの呼吸はひどく荒かった。目は大きく剝《む》かれ、私を凝視している。

これから目の前で行われる出来事を待ち望んでいる。

私は包丁の刃を自分の首筋に当てていた。

私は私を殺す。

裁けない悪を殺すのだ。

「私がいなくなった後は——どうか真っ当に生きてね。私の大好きな人」

両手で握った包丁の刃で、私は自分の首を思いきり切り裂いた。

14

「囚人番号NO．5『マコ』。その罪の開示を終了する」

「……待て」

思わず声が漏れ出た。

「待てッ!!」

ボクが出した大声がパノプティコン中に反響する。

マコは静かに目をつむっている。リナとメイは唖然《あぜん》とした様子でマコに視線を向けていた。

「どうしたんすか、エス？」

ジャッカは無感情なまま、こちらを振り返る。ボクは前のめりになって続けた。

「この罪の本は他と比べて情報が少なすぎる！　これじゃ裁定の下しようがないだろう。それにこの内容じゃまるで……」

「まるで？」

「マコの罪が『正義同盟』を作ったことじゃなく、自殺したことみたいだ」

「——そうっすよ」

ジャッカは物怖《ものお》じせずにそう答えた。その声色には管理者としての威圧感の他に若干の苦みが混じっているように聞こえた。

「『正義同盟』を作った首謀者の女の子が幼馴染の前で自殺した。彼女は自分自身を殺したヒトゴロシ。その罪をどう裁くか。これはそういう問いっす」

ボクは必死に食い下がる。

「マコは他にもっと追及されるべき罪があるはずだ！」

「それを決めるのはミルグラムっすよ、エス。あんたはただの一看守に過ぎない。意見ができる立場にない。だから自分は言ったんです。ミルグラムは人を裁く場所じゃない。罪を裁く場所なんすよ」

提示されたマコの罪はあくまで自分自身を殺したというもの。

それ以上でもそれ以下でもない。

「あえて言うなら、今までのマコの監獄内での行動にネガティブな感情を持った上で、彼女の自殺にどういう裁定を下すか。という話でもありますね。自分の憎悪を優先して、罪の内容と関係なく、公平性の欠片もなく、裁定を下すこともできます。エスが『罪の本の内容に基づいて決めた』と主張すればですが」

ボクは天を仰いだ。ミルグラムという監獄が本当に捻くれていて、唾棄すべき空間だということを再認識する。

ここまで散々『正義同盟』や『正当な善なる殺人』に対する悪感情をボクに植えつけておいて、裁く対象としては扱わないなんて思いもしなかった。

しかも悪感情を完全に封じ込めるわけではなく、怒りに任せて粛清を与える抜け道も用意されている。そのやり方に反吐が出る。

ボクはしばらくの間、沈黙を続けた。

だんだんと冷静さが戻ってくる。理不尽を押しつけられたことによる怒りが収まって、少しだけまともな思考ができるようになった。

思い出す。罪の本が開く前の、マコの態度を。

彼女は自分の罪の本に何が書かれているのかを知っていた。

その上で「ミルグラムは隠したいことを暴くから嫌い」だと言ったのだ。

あの罪の本は短かったが、マコにとってはあまり知られたくない事実があったことになる。

「――ジャッカ、尋問室を用意しろ」

「へ？」

「尋問室だよ。タツミの時に使用してもいいと言っていただろ？」

「はぁ、そりゃまあいいっすけど」

「決まりだ」

ボクは円卓に両手をついて立ち上がり、マコをまっすぐ見据える。

「マコ。今から尋問室で話すのは、罪の本とは直接関係ない雑談だ。お前の過去のこと、ボクに教えてくれないか？」

ボクとマコ、そして監視役のジャッカは尋問室に移動していた。

質素な事務机を挟んで、二つの椅子が置かれているだけで部屋はかなり狭い。しかし、壁はしっかりと防音仕様になっていて、この中で話した内容が外の囚人たちに漏れ聞こえることはなさそうだ。

「一つ、取引をしたいの」

マコは椅子に座ってすぐ、そう切り出した。

彼女は尋問室への移動について全く文句を言わなかった。どうやらマコにも何か狙いがあるようだ。

「私はエスが知りたがっている全てをこれから正直に話す。だから、その代わりに――」

マコは今まで見せなかった自らを卑下するような笑みを浮かべて、懇願するように言った。

「――赦してほしいの、私のこと」

そして彼女は取引の詳細条件をボクに伝えた。

「……取引に応じるかどうかは、マコの話を全て聞いてから決める。それでもいいか？」

ボクはそう答えた。

マコは頷き、罪の本では語られなかった過去の話を始める。ボクは彼女が話し終えるまで一言も発することはなかった。


尋問室での聞き取りは一時間ほどかかった。

マコの過去を知り、彼女と少し会話をして、ボクは裁定を決めた。もうこの判断が覆ることはない。

ボクはマコを尋問室に置いて、ジャッカと共にパノプティコンに戻った。

待機していた囚人たちに向かって宣言する。

「マコの裁定は決定した。ボクは彼女を赦すつもりはない。これから粛清が行われる」

ずっと冷静だったトモナリの頬がぴくりと動いた。ボクはそれを見逃さなかった。

「……マコはどこにいるの？」

この監獄で初めての粛清が決定したからか、リナは少し不安げに訊ねてくる。

「まだ尋問室だ。マコをここに呼ぶ前に、キミたちにはパノプティコンから一時的に退

「退室、ですか？」

メイが困惑したように言う。

「ああ。これから、この場所ではマコの肉片が四散し、血飛沫《ちしぶき》が部屋中を汚す。そんなものを他の囚人たちが見る必要はない。ジャッカの許可も取ってある」

ボクは囚人たちを椅子から立ち上がらせた。

リナとメイはおとなしくパノプティコンを出ていく。

マコの凄惨な最期を直視せずに済んで良かったと思っているはずだ。

ボクだって好き好んで、他人の粛清現場など見たくない。

それがどんなに憎い相手であったとしても。

しかしここに至って、妙な反応を示したのがトモナリだった。

「エス。僕はここに残りたい。いや、残らせてほしい」

今まで涼しげな表情を貼りつけた置物のように、生の感情を見せず、顔色もほとんど変えなかったトモナリが、見方によっては少し必死な様子でボクにそう頼み込んできた。

「トモナリが残ったところで、マコの裁定は変わらない。わざわざ幼馴染が粛清されるところを見たくはないだろう？」

「そんなことないよ！」

突然大声を出したトモナリは、ボクの肩を両手で強くつかんだ。

彼の指が食い込み、鋭い痛みが走るが、ボクは表情を変えないように努める。

「死ぬ瞬間まで一緒にいたいとか、そういうことか？　マコの罪の本の中でも、お前は彼女が死ぬのを見ていただろう。お前にとってマコはただの幼馴染以上の大切な人、たとえば恋人だったりするのか？」

ボクが投げかけた質問にトモナリは露骨な不快感を示した。

想定していた通りの反応だ。

ボクはあえて見当違いの質問を彼にしたのだから。

「僕とマコはそんな関係じゃない。少なくとも……僕は生きているマコに興味なんかない」

自分があまりにも邪悪な想いを口にしたことに、トモナリ自身は気づいていないようだ。

「いつか言ったよね、エス。僕は人間を尊い存在だと思っている。──そんな尊い命が失われる瞬間が、血が噴き出す瞬間が、僕に最高の快楽を与えてくれるんだ。生きたままじゃ意味がない」

ボクはトモナリの手を振り払う。

そのまま視線を床にいたジャッカに向ける。

「ジャッカ。このままじゃ埒《らち》が明かない。トモナリを外に出してくれ」

「了解っす」

ジャッカが頷いたのと同時、トモナリの身体がぴたりと固まる。

「ぐっ……なんだこれ」

トモナリは必死に身体を動かそうとしているようだが、顔以外は全く動かないみたいだ。

「申し訳ないっすけど、これがエスの希望ですから」

ジャッカの不思議な力でパノプティコンの両開きの扉が勢いよく開く。

そしてトモナリは自らの意思と反するように一歩ずつ後退していく。そんな状態でもトモナリは縋るように咆《ほ》えた。

「――待ってくれ！　お願いだ！　人が傷ついて死ぬところを見させてくれ‼」

彼がパノプティコンから出ると同時、拒絶するように扉が激しい音を立てて閉まった。固いロックもかかったようで、身体が自由になったトモナリが扉をドンドンと叩いているが開く気配はない。

ボクとジャッカはしばらくの間、殴打され続ける扉を静かに見ていた。

「……まさかあそこまで異常な囚人だとは見抜けなかった。リナとメイの安全は確保できてるな？」

「はい。言われた通り、二人の身体を少し操作させてもらって、安全な部屋に隔離してあるっすよ」

「ならいい。それじゃあ、一仕事始めようか」

ボクはジャッカに一枚の用紙を差し出す。それはタツミが外から文庫本を取り寄せる際に使っていたシステムの申請書だった。

「ジャッカ。支給品を申請する」

ジャッカがぴょんと高く飛び跳ね、小さな口で申請書をキャッチする。

申請書に目を通したジャッカは鼻で笑った。

「ほんと、罪深いっすねえ。まともな看守のやり方とは思えないですよ」

「ミルグラムの審判をやり通す看守に、まともな奴なんて少ないだろう？」

「はは、それもそうっすね。……自分はエスのやり方、嫌いじゃないっすよ」

「それはどうも」

トモナリはようやく諦めたのか、扉を叩く音はしなくなっていた。パノプティコンに静寂が戻る。

「んじゃ、やることをやってしまいましょう。この選択の結果がどう転ぶのか今から楽しみっすよ」

全てが終わった後、ボクはトモナリをパノプティコンへ呼んだ。

トモナリは廊下の端にうずくまっていた。何かを抑え込むように、両腕で顔を覆っていた。

そんな彼に声をかけ、先にパノプティコンに戻って待っていると、よろよろとした足取りでトモナリが扉を開けて入ってくる。ひどく落胆し、生気を失った顔をしている。

ボクは彼の細かい挙動一つまで鋭く観察していた。

今まで見過ごしていた彼の危険な人間性。

今度はそれを見落とさないように。

罪の本はまだ開いていないが、もう審判は始まっている。

彼の本性を引きずり出す。

そのための罠はすでに張り巡らせた。

「ああッ!!」

消沈していたトモナリの両目が怪しく輝いた。

脇目も振らず一直線にマコの椅子まで駆けてくる。

彼女の白い椅子にはべったりと大量の血液が付着しており、周辺の床には血飛沫が撒かれている。

「血だ、マコの血っ!」

トモナリは叫び声を上げた。しかしそれは悲しみの感情ではない。

彼の叫びは歓喜に包まれていた。

極度の不快感がボクの全身を這《は》い回《まわ》る。一瞬でも気を抜いたらトモナリの胸倉をつかんでしまいそうだ。

トモナリは周囲を勢いよく見回す。

「死体は？　死体はどこに？」

「マコはもう別の場所に移した。この悪趣味な場に呼んだのは、彼女が死ぬところを見たがっていたお前へのせめてもの情けだ。……残された血液だけでそんなに興奮するとは思っていなかったが」

トモナリは床に膝をつき、血に染まった椅子に嬉々として顔を近づけている。放っておいたら舐め出すのではないかという恐怖すらあった。

だが実際には顔を近づけたまま、ぴたりと動きを止め、血液を凝視しながら何事か悩んでいる仕草を見せた。

そしてトモナリはぽつりと言う。

「……約束を思い出した」

「約束？」

「僕がこうやって死に飢えた異常者にならないよう、マコと交わした約束だよ」

少し冷静になったのか、トモナリはゆっくりと立ち上がった。

「約束を守りたいとは思っている。思っているんだ。でも、僕の中の闇がずっと暴れ続けている」

トモナリの顔はひどく引きつっていた。

喜ぶ自分を無理やり抑えつけて、まともで優しいいつもの外面を取り戻そうとしている。そのせいで表情はどちらとも言えない歪んだものになっていた。額には脂汗が浮かび、唇は震えている。

マコの椅子を濡らす血液を見た一連のトモナリの言動は疑いようもなく異常だった。

しかしここはミルグラムだ。赦す余地もないただの猟奇的な殺人犯が連れてこられる監獄じゃない。

だから見極めないといけないのだ。

トモナリは『赦すべき』囚人なのか、『赦してはいけない』囚人なのかを。

「ジャッカ、罪の本の開示はいつも通りのタイミングでいいな？」

「ええ。明日のインターバルを経て、明後日《あさって》に通常通り罪の本が開示されます。対象囚人は囚人番号ＮＯ．４『トモナリ』。ま、これは言うまでもないことっすけどね」

「ということだ。罪の本が開くまでは自由にしていろ。ボクから追加で質問したいことはない」

そうしてトモナリとの会話を打ち切った。

彼を再び外に出し、ボクも一度看守室へと戻る。

次にパノプティコンを訪れた時には、全ては綺麗に元通りになっていて、血の染みも匂いも全く残っていなかった。

喫煙3

薄暗い個室の中。デスクに置いてあった煙草の紙箱を手に取ると、くしゃっと潰れてしまった。見ると残っているのは最後の一本だけ。ほぼ空箱だったようだ。

「また調達しにいかないとっすねえ……」

マコの審判が終了してから二日が経った。この休憩が終わったら、トモナリの罪の本を開きにいく予定だ。

管理端末に支給品送付準備完了の通知が届いた。頼まれた支給品のうち一点は急ぎで送っていたが、残りも全て準備が整ったようだ。

あとは自分が承認すれば、統知が必要としているものは全て監獄に送られる。

統知とマコが尋問室で会話をしている間、自分は全く口を挟まなかった。

本来、善良な管理者なら止めるべき場面だった。今回の統知の支給品申請だって、善良な管理者なら許可しないだろう。

しかし――。

「自分はそもそも善良な管理者じゃないっすからね」

管理端末を操作して支給品送付を承認した。

お膳立ては済んだ。

あとは統知が面白いものを見せてくれることを願うだけだ。

「グッドラック、エス」

最後の煙草に火をつける。

煙の中に表情を隠し、自分は密かに笑う。

「――ミルグラムの前提をぶっ壊しちまってください」

罪の本　トモナリ

囚人名「塚谷《つかや》朋成《ともなり》」
罪名【渇望の罪】
記述内容を開示。

——僕が歪んでしまったのは、小学四年の時だった。

それまでの僕はとても純粋な少年だったと思う。

同じマンションに住んでいた真恋と意気投合し、学校の休み時間も、放課後も、彼女とずっと一緒に遊んでいた。グラウンドを駆け回ったり、マンションの敷地内でかくれんぼをしたり、とにかく僕と真恋は身体を使う遊びが好きだった。

その頃の真恋はまっすぐで正義感の強い、まぶしいくらいに素敵な女子だった。クラスの男子の中には真恋を好きな奴も多かっただろう。

僕も、きっと真恋のことが好きだった。

幼さ故に、まだその時には、はっきりと自覚できていなかったけれど。

何事もなく時間が経過していけば、僕は幼馴染への片想いに悩む、くすぐったくなるような青春を送ることになっていたはずだ。

だが現実は残酷だった。

夏、学校からの帰り道。

僕と真恋はどちらがマンションに早く着けるか勝負をしていた。バッグが揺れないように身体に固定して、僕たちは登下校路を全力で走っていく。真恋が少し前に出ていて、なかなか追いつけない。

登下校路は周囲に住宅が多く、人通りは少ない。だからこうして、全力を出す勝負をするには最適の場所だった。

少なくとも、子どもだった僕はそう思っていた。

真恋も同じ認識だったのだろう。

登下校路は安全。そう思い込んでいたから。

彼女は少し広めの車道に飛び出した時に、僕の方を振り返ってしまったのだ。

「朋成！　このままだと、また私が勝っちゃうよ！」

真恋は勝ちを確信した笑みを浮かべていた。

……だけど、僕はそれどころじゃなかった。

アスファルトを思いきり蹴った僕は、足が壊れそうなくらいの勢いで真恋との距離を詰める。

「え？」

僕の必死な様子に困惑した真恋は、その時になってようやく気づいた。

速度を落とさずに突っ込んできた乗用車が、彼女の目の前に迫っているのを。

車の運転手は片手でスマホをいじっていたようだ。かなり遅れて真恋が車道に出てきたことに気づき、急ブレーキを踏む。しかし、すぐに速度は落ちない。

真恋は今にも泣き出しそうな表情で僕を見た。

そして絞り出すように、縋るように、真恋はつぶやいた。

「……助けて、朋成」

その言葉が僕の身体をより突き動かした。

全ての力を振り絞った僕は真恋に手を伸ばし、なんとか彼女だけでも安全な場所に突き飛ばそうとする。

……これがヒーローの物語なら、僕は自分の犠牲と引き換えに、真恋を助けることができただろう。でも、これはただの現実で。

――次の瞬間、乗用車が僕ら二人をはね飛ばした。

真恋を突き飛ばそうとした僕の手はほんの少し間に合わなかった。

考えうる限りで最悪の状況だ。

真恋を救うことはできず、それどころか助けに入った自分まで巻き込まれてしまった。

僕の行動は全てが無駄で、かなりの距離を吹き飛ばされて地面に転がるという結果を招いた。

それが決定的な転機だった。

もしあの場で真恋を助けることができて、自分だけがはねられていれば。

そもそも、もっと注意して事故に遭わなければ。

僕が心の中に闇を飼うことはなかっただろう。

強く身体を打ちつけた衝撃で鈍い痛みがあちこちに走っていた。しかし幸いなことに頭は打っておらず、意識もはっきりしている。

乗用車から運転手の若い男性が降りてきて、真っ青な顔でスマホを操作し、救急車を呼んでいるようだった。

全く皮肉なことだ。運転中にスマホを見ていたせいで僕たちに気づくのが遅れ、そのスマホで今度は緊急通報をしている。

……車道に飛び出した僕たちが言えることじゃないけれども。

僕はうつ伏せに倒れたまま、頭だけを動かして真恋を探す。

そうして、僕はこの世でもっとも美しく、鮮やかな光景と邂逅《かいこう》した。

そんなに離れていない場所に真恋は倒れていた。僕と違って彼女は頭を打ったようで、緩やかに目を閉じていた。

綺麗だった。

地面に強く打った後頭部から血があふれ出て、アスファルトが赤黒く染まっていく。

彼女の細い右腕はあり得ない方向に折れ曲がり、激しく擦って肉が削げ落《そ》ちた肘の傷口からは、白とも黄色とも言い表せない脂肪が露わになっていた。

服で守られていなかった腕や足は擦り傷だらけで、もうどこから出血しているのかわからないほど血塗れになっている。

僕は自分の痛みも忘れて、その光景を食い入るように見ていた。僕を引きつけたのは普段見られないものを目にした非日常感だったのだろうか。

その答えは今もわからないけれど、確かなのは無意識に憧れていた真恋が大怪我を負って倒れている残酷な光景に、強い興奮を覚えたということだった。


僕と真恋はその事故によって、どちらもかなりの大怪我を負った。

しかし、幸か不幸かそれらは直接命に関わるものではなかった。僕も真恋も全身を包帯で覆われて長期間入院することになったが、死という結果は免れてしまった。

周囲の人間たちは奇跡だと言った。

だけど、僕はそこで命を落としていた方が良かったとさえ思う。そうすれば、決定的に歪んでしまった自分と向き合わずに済んだのだから。

異変を自覚し始めたのは、入院生活にある程度慣れた頃。

ふとした時に、真恋のあの姿を思い出すようになった。

血に塗れて、腕がひしゃげて、人間として壊れたあの綺麗な姿を。

僕は事故の後、真恋のあんな姿を見て興奮した事実を忘れようと努力していた。怖かった。自分が異常者になってしまうのではという恐怖が脳を支配した。

なのに僕の意思と反して、事故の光景が何度も頭の中に蘇った。そしてその度に、僕は背筋が震えるほど快感を覚えたのだった。

それからしばらく時が経ち、身体の傷が癒えてくると、病院内を自由に歩き回れるようになった。

そうなってようやく、同じ病院に入院していた真恋と会うことができた。

真恋は、未だ大量の包帯の世話になっている僕を見るなり大声で泣き出した。

あの時、自分が「助けて」と言ってしまったから僕を巻き込むことになった、と彼女は言った。不注意で飛び出した自分だけが事故に遭えば良かったのだ、と泣きながら何度も繰り返した。

真恋自身も包帯だらけなのに、口から出るのは僕に対する懺悔《ざんげ》の言葉ばかり。

事故の件は思った以上に、真恋に大きな負い目を背負わせてしまったようだった。

――そんなことは気にしなくていいんだ。僕こそ助けられなくてごめん。

僕はそうやって真恋を慰めた。彼女は僕の胸に顔をうずめてしばらく泣き続けた。

……最低な話だけど。

そんな真恋の姿を見て、僕は心の中で密かに絶望していた。

何も感じなかったのだ。

目の前の、傷が癒えつつある真恋には、何も。

あの強烈な魅力を持つ、事故でぐちゃぐちゃになった真恋と同一人物だとは思えなかった。事故の前はかすかに抱いていた淡い憧れもどこかに消えてしまって、僕にとって真恋はただの幼馴染以外の何物でもなくなってしまった。


僕も真恋も退院を果たし、月日が流れた。

中学生になった僕らは相変わらず一緒に過ごしていたけれど、関係性は昔と大きく変わってしまった。

真恋が自分から口に出すことはなかったけれど、彼女は僕を事故に巻き込んだ負い目をずっと抱えていたのだと思う。

以前よりも僕に干渉することが増え、その延長線上で僕に好意を持つようになったみたいだった。

一方で僕はというと、事故の時に生まれた闇が少しずつ膨張していて、もっと人間が血を流すところを見たい、もっと損傷した人間の身体が見たい、挙句の果てには人間の死体が見たいと思うようになっていた。

僕は欲求を抑えられず、ネット上に流された凄惨な事故や事件の画像を、スマホでこっそりと見て気持ちを落ち着けていた。

そこに映っているのが実在の人物だとわかっていて、それを見て自分の欲を満たすのはあまりに醜いとわかっていても、やめることができなかった。

誰かに迷惑をかけるわけでもない。こうやって自分の闇の部分は隠したまま、何とか折り合いをつけて生きていこうと思っていた。

しかし、やはり全てを完璧に隠すのは難しい。

ある日、僕は最悪のミスをした。

ブラウザを閉じるのを忘れたまま、真恋の前でスマホの画面を点《つ》けてしまったのだ。

そこには何か所も刃物で刺された女性の死体の画像が映っていた。

それを目にした真恋はひどくショックを受けた様子で「こんな画像を見て楽しむのは異常だ」と喚いた。

そのまま何も言わず、真恋と距離を取れば良かった。

しかし僕は苛立ちに任せて、愚かにも言い放ってしまったのだ。

僕をこんな風に歪めたのは、他でもない真恋だと。

止められなかった。ずっと誰にも言わないで抱えていたものが一気にあふれ出した。

僕は全てを話した。

あの事故の時、真恋の美しい姿を見てからおかしくなってしまった僕のことを。

真恋は黙って聞いていた。ただでさえ負い目を感じ続けている彼女に、さらに重荷を担がせる行為だとわかっていた。

でも僕も限界だったのだ。誰かに聞いてもらわなければ、破裂してしまいそうなほどに、僕の闇は膨らみきっていた。

それから真恋は、僕が惨殺死体の画像を見ることに対して何も言わなくなった。代わりに時折、申し訳なさそうな表情をするようになった。

それでも真恋が離れていくことはなかった。

離れたくても、罪悪感がそれを許さなかったのだと思う。

ちょうど同じ頃、僕は「人間は尊い存在だ」と自分に言い聞かせるようになった。

人間の命は尊い。無闇に傷つけられるべきではなく、守るべき対象であると。

その思想に反さないよう、周囲の人間たちにとても優しく接するようになった。

周りからの僕の評価はどんどん上がって、友達は多く、女子から告白されることも増えた。僕はきっと優しく温厚な人間に見えていたのだろう。

けれど現実はそうじゃない。

そうやって言い聞かせていないと、いつか自分の手で人を殺してしまいそうだったのだ。

授業中、「人間は尊い存在だ」とノートの端に殴りつけるように書き連ねた。自分の部屋の目につく場所にも、同じ文言を書いたメモをたくさん貼りつけて、意識の中にすり込むようにした。

確かにこの努力は一定の効果を生み、僕は他人に寛容になった。よっぽどのことがない限り、ずっと笑顔でいることもできるようになった。

だが、この思想は良い面ばかりではなかった。

いつの間にか「尊い存在である」はずの人間が無残に傷つき、時に死んでいる光景に背徳感を覚えるようになったのだ。

僕はさらに道を踏み外していった。どんなに努力しても、僕は闇に搦《から》め捕《と》られていくばかりだった。

気づけば、僕も真恋も高校生になっていた。同じ高校に通っていて、表向きはただ仲の良い二人組だったと思う。カップルと誤解されることもよくあった。

しかし、実際に僕たちを繋ぎ止めていたのは後ろ暗い感情だ。

僕の中には真恋に対する恋心のようなものは全くなかった。

それでも暗いものだけが生活を占めていたわけじゃない。

休日に真恋と二人で買い物に出かけたり、テーマパークに遊びに行ったり、高校生らしいこともたくさんした。ある意味で僕も安定し始めていたのかもしれない。

確かに消えない闇はある。他人が見たら引くような死体画像を大量に閲覧もする。しかし僕を歪ませた元凶である真恋は僕の理解者でもあり、僕の行いを許容してくれた。真恋の存在が心を軽くしていた面もきっとあったのだろう。

自分の異常性を認識した上で気をつけて暮らしていけば、それなりに穏やかな人生が送れるかもしれない。

そう前向きに考えるようになったのが高校三年生の夏だった。

汗が噴き出す猛暑の中、天気の良い青空の下。

——クラスメイトが校舎の屋上から飛び降りた。

昼休み。僕は真恋と一緒に中庭のベンチで昼食のパンを食べていて、その目の前にクラスの女子が落下してきたのだ。

隣で真恋が甲高い悲鳴を上げた。

だけどその声も、夏の暑さも、どこか遠くの出来事のようで、僕の視線は地面に打ちつけられて破裂したクラスメイトだったものに吸い寄せられていた。

新鮮な血を流す艶《あで》やかな死体。画像や映像ではない現実の惨劇。それは小学生の時の事故以来で、目の前の肉塊に、かつての真恋に似た美しさを見た。

すぐに教職員が飛んできて中庭は立ち入り禁止になったので、長い時間眺めることは叶わなかったが。

自殺した女子は部活内でのイジメが原因で死を選択したらしい。そのことを、後で真恋から聞いて、僕は無意識に言葉をこぼした。

「飛び降りを選んでくれて良かった。」

僕の前に落ちてきてくれて良かった。

その時の真恋の表情は複雑なものだった。恐怖で強張る一方で悲しみが滲《にじ》み出《で》ていた。

そんな彼女を見て僕は思い直す。

やっぱり穏やかに生きていくことなんてできない。

……僕はもうどうしようもない外道に成り果てていた。

高校での事件の後、僕は自分に嫌気が差して、部屋に閉じこもるようになっていた。学校もほとんど行っていない。校舎や中庭を見たら、事件現場を思い出してしまうし、歪んだ言葉を誰かの前でうっかり漏らしてしまうかもしれない。真恋ともしばらく会っていなかった。

僕が部屋の中で無駄な時間を過ごしている間に、世間では『正義同盟』、『正当な善なる殺人』というワードが取り沙汰されるようになっていた。

『正当な善なる殺人』が流行することは、僕にとっては歓迎すべきことだった。

数は決して多くなかったが、生々しい殺人の過程を映した動画や美しい死体の画像が新しくネット上に広まったからだ。

そして殺された人間たちは司法では裁けない悪。他に転がっている動画や画像に比べて罪悪感も少なかった。

裁けない悪はそもそも世の中を汚しているのだ。『正義同盟』にどんどん殺されればいい。そして僕はそれで欲求を満たす。

いいことばかりじゃないか、と僕は乾いた笑みを浮かべてつぶやいた。

『正義同盟』関連の事件が立て続けに起きて、世間がさらに騒ぎ始めた頃。

真恋が僕のことを呼び出した。

場所は彼女の部屋。真恋の両親は働きに出ていて、家には他に誰もいないタイミングだった。

無視することもできたけれど、なんだか胸騒ぎがして、結局真恋の家を訪れてしまった。同じマンションだから、エレベーター一つ乗るだけで到着した。

「……久しぶりだね、真恋」

「顔色が悪いよ、朋成」

玄関先でそんなぎこちない会話をした。

妙な緊張感が僕たちの間に流れていた。真恋が何の目的で僕を呼び出したのかがわからない。真恋に促されるまま、彼女の部屋に入る。

最近は来ることも少なくなったが、小学生くらいの時はよく訪れた部屋。

置いてあるものはかなり入れ替わっていたが、雰囲気は懐かしい昔のままだ。

「いつか贖罪《しょくざい》ができる日を夢見てたんだ」

僕が振り返ると、ちょうど真恋が後ろ手に扉を閉めるところだった。

「贖罪？」

「私は小学生の朋成を根本から歪めてしまった。その埋め合わせをしたかったの」

「……今更、どうにかなる話じゃないさ。それに僕は真恋を恨んでいるわけじゃない」

真恋はゆっくり歩いてくると、僕の前を通りすぎて自分のベッドに腰かけた。

「正直な話をすると、私の罪はそれだけじゃないんだ」

「それだけじゃない？」

「私は、朋成が私のせいで歪んだことを内心で喜んでいたんだと思う」

思わぬ言葉が出てきて僕は混乱した。

真恋は切ない表情で笑った。

「おかげで私だけが朋成の理解者になることができた。朋成の本性を知っているのが自分だけだと思うと、すごく嬉しくなった」

「僕たちはただの幼馴染だ。なんでそこまで執着して……」

「――違うよ」

静かに、穏やかに、真恋は僕を否定した。

「私にとって朋成はただの幼馴染じゃない。あの事故の時。私が車道に飛び出した時。必死に助けようと手を伸ばしてくれた朋成に――私は恋をしたんだ」

何も言葉が出ない。

あの事故を境に、僕は生きている真恋への憧れを失い、真恋は僕に憧れを抱いた。どうやっても幸せな結末には至らない関係性があの時に生まれてしまった。

「朋成が苦しんでいても、私だけは理解者としてそばにいられた。罪悪感を理由にして誰よりもそばにいられた。私だけが歪んでいる朋成の本性を知っていて、そうなった原因も私。それは私にとって幸せなことだったんだよ」

どうして自分だけが、あの事故で歪んでしまったと思い込んでいたのだろう。

目の前で頬を少し赤らめて話す真恋も、思考が歪んでしまっていた。

「でもね、この前の飛び降り自殺の時、ちょっとした心境の変化があったんだよ。これ以上エスカレートしたら、朋成が本当の殺人犯になる気がして怖さを感じた。私は朋成を人殺しにしたいわけじゃないからね」

ねえ、と真恋は僕の目をまっすぐ見た。

「『正義同盟』って知ってる？」

僕は素直に頷く。

「ああ、あれだけ話題になっていたから」

「朋成なら絶対に興味を持つと思ってた。『正義同盟』関連の生々しい殺人動画が何本もアップロードされていたけど、見た？」

「……見たよ」

真恋には隠しても無駄だと思った。

だから、僕は肯定した。

それは殺人動画で存分に楽しんだと告白するのと同義だった。彼女はまた僕を複雑な表情で見るのだろう。

そう思っていたのに。

「良かった！」

真恋は妙に明るい表情でそう言った。

最初は聞き間違いかと思った。

「……良かった？」

「朋成って、ネットに出回ってる有名な動画とか画像は見飽きてるでしょ？　だから、新しい供給が必要だと思ったんだ」

真恋は近くの机の上に置いてあったノートパソコンを開くと画面をこちらに向けた。

「これを見て」

そこに表示されていたのは、大量の画像や動画ファイルだった。全てのデータ名に『正義同盟』という文字が入っている。

「これはね、私が『正義同盟』を広めるために使ったデータだよ」

意味が理解できなかった。

僕が無言で瞬きをすると、真恋はくすっと笑った。

「私が『正義同盟』の首謀者ってこと。朋成が心の歪みと良心の板挟みで限界なのはわかってた。だから良心がなるべく痛まない『裁けない悪を殺す』動画や画像がいくつも投稿されるように仕向けたんだ」

「冗談、だよな……？」

「冗談じゃないよ」

真恋は無感情な声で否定した。

「私がたくさんの殺人動画を用意したのはね。ここで欲求を完全に満たして終わりにしてほしかったから。今までの歪みに終止符を打つの。朋成が欲求に負けて殺人者になってしまう前に」

真恋はベッドの下に隠していた包丁を取り出した。

「でも動画だけじゃ足りない。朋成の脳に焼きつくような光景がきっと必要なの。だから──私はこれから朋成の前で首を切って死ぬ。私が朋成を歪めたんだから、私が朋成を真っ当に生きていけるようにしてあげないといけない。血がたくさん出るよ。今まで我慢してきた欲求を解放して、全て私で満たして。そして誰かを殺したいと思わなくなるくらい満たされたら、普通に生きていってほしい。それが私の贖罪で、私の望み」

真恋は言いたいことを言いきったようで、自殺の許可を求めるように僕をじっと見つめた。しかし僕は彼女の提案を許容することなんてできなかった。

「ダメだよ、真恋。そんな理由で死ぬなんて絶対にダメだ」

真恋が死んだ姿を見たくないと言ったら嘘になる。

でも僕だって歪みきった理由で死のうとする幼馴染を止める良識くらいはまだ持ち合わせている。

しかし、真恋は薄く笑みを浮かべた。

「私は『正当な善なる殺人』という危険思想を拡散して、間接的に何人もの人間を死に追いやった。だけど実際にやったことは思想を広めただけ。私はね、自分自身が語った『裁けない悪』なんだよ。私は『正当な善なる殺人』に則ってこれから自分自身を殺す。朋成はたまたまこの場に居合わせた。それで納得してほしいな」

僕はようやくはっきりと理解した。

『正義同盟』は『正当な善なる殺人』という思想を掲げた壮大な集合概念などではない。

――僕の欲求を最大限まで満たし、その上で真恋が僕に罪悪感を抱かせずに自殺するためのシステムだった。

実際に被害者が出ている以上、僕が真恋を完全に正当化するのは不可能だ。

真恋は包丁をその細い首へと近づけていく。

止めなきゃいけない。そう思っているのに、僕の身体は全く動かなかった。本気を出せば、真恋を力ずくで止めることくらい、簡単にできるというのに。

僕を蝕《むしば》む闇が言う。

真恋は有害な思想を撒き、意図的に殺人を発生させた。裁けない悪だ。裁けない悪はこの世から消えるべきだ。そもそも裁けない悪が殺されていく動画を楽しんでいたじゃないか。真恋だけ特別扱いしてはダメだ。

――真恋が死ぬのをただ見ていればいい。それが一番の正義だ。

そんなのは詭弁《きべん》だとわかっている。その上で思考が正当化されていく。

本当はただ、真恋が死ぬところを見たいだけだ。

だけどその真実を『正当な善なる殺人』は覆い隠していく。

『正義同盟』に影響を受けた他の人間たちも、きっとこうやって自分の都合のいいように物事を捻じ曲げたのだろう。

真恋が包丁を首元に当ててこちらを見ていた。

僕はこれから起こることを想像し、興奮してしまっている。自分が本当に情けない。

「私がいなくなった後は――」

真恋はとても穏やかな笑顔を浮かべた。

「どうか真っ当に生きてね。私の大好きな人」

包丁の刃が真恋の首の動脈を切り裂いた。

噴き出した彼女の熱い血が僕の顔にかかる。普通にしていたら、動脈から出た血が正面にいる僕に向かって飛んでくることはないはずだ。

真恋は首を掻《か》っ切《き》る寸前、僕に血がかかるように顔を傾けたのだ。

そうすれば、僕が喜ぶのを知っていて。

命が失われた幼馴染の死体が後方のベッドへと倒れていく。

僕はただその光景を傍観していた。

血の匂いが部屋に充満していた。

それは、本当に、人生で一番――。

素晴らしい時間だった。

15

さっきから吐き気が止まらない。

ボクは気を紛らわすため、監獄の中を歩き回っていた。

トモナリの罪の本が閉じた後、ボクは「少し考える時間をくれ」とジャッカに申し出て、裁定までに一時間の猶予が設けられることになった。

トモナリの罪の本は今までの囚人たちと比べてかなり強烈なものだった。リナとメイもかなり気分が悪そうで、早々にパノプティコンから出ていった。

実を言うと、ボクはトモナリがどんな人間なのか、彼の罪の本が開く前から知っていた。マコの裁定を下す前、尋問室でマコが過去を語った時にトモナリと何があったのか、大まかな話を聞いていたからだ。

あくまでボクが知ったのはマコの過去であって、トモナリの罪について聞き出したわけではない。だから、ミルグラムがシステム的な制止を行うことはなかった。

大体の流れを知った上で臨んだ罪の本の開示だったが、それでも彼の口から語られる罪には不快感を覚えざるを得なかった。

だが冷静に考えれば、トモナリの直接的な罪は「マコの自殺を止めなかった」という一点だけだ。

結果のみを見て裁定を下すなら、ボクは彼を『赦す』だろう。

でも感情的には赦したくない。

本当だったらボクは今頃、トモナリを赦すべきかどうかで迷っていたはずだ。

しかし今回に限っては悩む必要がなかった。

なぜならボクはすでに選択を終えていたからだ。

あとはトモナリがどんな反応を示すかで全てが決まる。

ちょうどパノプティコンから悲鳴が聞こえた。

だけどこれも予想の範囲内。事態が良い方向に向かっているとは言いがたいが、慌てることはない。

ボクは覚悟を決めて、最後の裁定の場へと向かった。


パノプティコンに足を踏み入れてすぐ、ボクは異変に気づく。

その中央に置かれた白い円卓の脇にトモナリがぼうっと立っていた。

——おびただしい量の返り血を浴びた姿で。

ボクは深いため息をつく。

「……結局、それがお前の本性か。トモナリ」

彼の足元には倒れている人影が二つ。

それはリナとメイだった。

二人とも全身に裂傷があり、あふれ出た血が床に広がっている。彼女たちの両手は何度も強く踏まれたように靴の跡がついていて、指は全てが別々の方向に折れ曲がっていた。見るに堪えない状態だ。

「ダメじゃないか、エス。キッチンにこんなものが置きっぱなしになっていたよ？」

トモナリはとても清々しそうな表情で、右手を持ち上げてみせる。

その手には鋭利な肉切り包丁が握られていた。

「あー……。やっぱり我慢とかするもんじゃないね。この監獄、なんでか知らないけど、死んだはずのマコがいたからさぁ！　今までは他の囚人を傷つけるのを我慢して我慢して我慢して我慢してたんだよ！　タツミが目の前で死んだ時も必死に喜びの感情を抑え込んでたんだ。……でも、もうダメだ。マコがいなくなった今、欲求を抑えられなくなっちゃったよ！」

その叫びと同時、彼の表情が醜く歪んだ。それは穏やかな様子の欠片もない、イカれきった殺人者の顔だった。

ボクはトモナリを鋭く睨みつける。

「罪の本には書かれていなかったな。マコが自殺した後、お前がどんな人生を歩んだのか」

「そうだね。書かれていなくて本当に良かったよ。マコがあんなに美しく死ぬところを見たせいで、ボクは完全に歯止めが利かなくなった。マコが自殺した後の一週間で無差別に四人を殺したよ。欲望は全然収まらなかったけど、警察に捕まっちゃってね。それ以上殺すことはできなかった」

「……四人も殺したのか」

さすがに言葉に詰まった。しかし、目の前に立つトモナリの言動を見たら納得できる。罪の本の中で語られたトモナリは異常性こそ抱えていたものの、ここまで欲望に堕《お》ちた人間ではなかった。

罪の本では語られなかった、醜悪な連続殺人犯となった後の姿が、今ボクと向かい合っているトモナリなのだろう。

「やっぱり粛清されたマコの死体も見たかったたな。どんな殺し方をした？　刺し殺した？　潰した？　バラバラに解体した？　死体はぐちゃぐちゃな方が好みなんだけど」

トモナリは、はばかることなく楽しそうにそう言った。

……救いようのない。

本当に救いようのない殺人者だ。

「マコはトモナリに真っ当になってもらいたいと願っていたはずだ。彼女との約束を守ろうとは思わなかったのか？」

ボクのその問いにトモナリは初めて不快感を示した。

「そりゃ守ろうと思ったさ！　エスだって罪の本の内容を聞いていただろ⁉　僕はなんとか人を殺さないように頑張って生きてきたんだ。でもマコの自殺が、僕の自制心を崩壊させた。逆効果だったんだよ。いつだってそうだ。僕を歪んだ人間にするのはマコだ。交通事故の時も自殺した時も！　マコが僕を殺人者にした。マコが全部悪いんだ。僕は悪くない、悪くないんだよッ‼」

トモナリの悲痛な叫びがパノプティコンの隅々まで反響していく。

確かに彼にも同情すべき点はあると思う。だけど自分の欲望に駆られて他人を殺すことは許されない。それを他人のせいにすることも。

ボクはトモナリの目を見て、ゆっくりと口を開いた。

「ミルグラムは人を裁く場所ではなく、罪を裁く場所。看守の仕事はあくまで提示された罪に対して裁定を下すこと。それは理解している。罪の本で語られた結果だけを見れば『赦す』が妥当。感情的に不快な面も多いが、それで『赦さない』とするのは無理筋だろう」

トモナリはにやついた笑みを浮かべる。

ボクは大きく息を吐いて、そんな彼に結論を突きつけた。

「それでもボクは——お前のような殺人者を『赦す』なんて、死んでもごめんだ」

トモナリの顔が引きつった。

彼は苛立った様子で吐き捨てるように言う。

「ならさっさと裁けよ、看守！　ここでも二人殺せたし、僕はもう満足したからさ！」

「いや、ボクはお前を裁く気はない」

「……は？」

「さっきの話を聞いてなかったのか？　ボクは看守だ。看守の立場としては『赦す』べきなんだ。ボクはお前を裁けない。だから——」

ボクは混乱しているトモナリのそばまで行き、耳元でそっとささやく。

「——裁くのは、彼女だ」

ボクに気を取られていたトモナリの背後。

看守室に繋がる扉から気配を押し殺して、パノプティコンに入ってきていた人影があった。その人影はトモナリに向けて勢いよく駆け出す。

そして。

その人物は両手で握った包丁をトモナリの背中に強く突き立てた。

トモナリはゆっくりと振り返り、自分を刺した人物を見て目を大きく見開く。

「なんで……なんでここに……」

トモナリの背中に包丁を深く突き刺したのは――マコだった。

「トモナリをここまで歪めてしまったのは私のせい。ごめんね。今度こそちゃんと終わらせるから」

マコは一切の手加減なく包丁を引き抜いた。

ドバっと血があふれ、トモナリは激しく転倒する。

「う、ぁあ……ああっ！」

痛みにもがいて天井を仰ぐトモナリ。マコは彼の横に両膝をつき、寂しげな目で見下ろす。それからトモナリの血がついた包丁に視線を移した。

マコが握っているその包丁は、ボクがジャッカに支給品として要求した物品の一つで、彼女が自殺に使ったのと同じ型のものだった。

「さようなら、私の大好きな人」

別れの言葉はいつかと似ていた。

次の瞬間、マコの包丁がトモナリの首を切り裂いた。

それまで呻いていたトモナリは静かになり、彼の腕や足から力が抜けたのがわかった。

「……これで本当に良かったんだな？」

ボクは円卓の上にそっと包丁を置いたマコに問う。

「うん。私は殺人者になってしまったトモナリを『赦さない』。これで良かったんだよ」

目的を果たしたマコは柔らかな表情を浮かべていた。

ボクは彼女を見つめながら、尋問室でのやりとりを思い出す。

あの時、ボクはマコを『赦した』。

尋問室でマコは一つの取引を持ちかけてきた。

それは『正義同盟』関連を含む自分の全てを話す代わりに、トモナリの審判の行方を見守らせてほしいというもの。だから彼女は「赦してほしい」と言ったのだ。

しかしその時点では、ボクは首を縦に振らなかった。そして全てを聞いてからの判断でもいい、という条件のもとでマコの話が始まった。

マコは監獄内での彼女とは別人のように、真摯な態度で話を進めていった。

自分とトモナリの小学生から高校生までのこと。自分が死んだ後、最終的に殺人欲求を抑えられず、トモナリが殺人犯になっているのではないかと心配していること。

それに加えて、マコは監獄内での自らの振る舞いについても言及した。

彼女が悪辣な行動を取った理由は大きく分けて二つあった。

一つはトモナリに自分のことを「見殺しにして正解の悪人」だと思わせるため。

だからマコは看守であるボクを襲ったり、タツミを殺したりして、常に悪に徹し続けた。ミルグラムに反抗する人間を演じ、極めて暴力的な手段に訴えた。

もう一つは囚人の誰かを殺し、その様子をトモナリに見せることで、彼がどんな反応をするのか確かめるためだった。

マコが探りを入れても、トモナリはマコが自殺した後のことを一切話さなかったようだ。

そのため、トモナリを事前にパノプティコンに呼び出した上で、タツミを突き落としたのだという。死体を目にすれば、現在のトモナリの素の反応が見られるのではないかと思ったらしい。

一通り話を聞き終えたボクの感想は、マコという人間は恐ろしいまでにトモナリのことしか見ていないのだな、というものだった。

「トモナリが殺人犯になってたらどうしよう」「トモナリには幸せになってほしい」「トモナリは私のせいで歪んだ欲望を抱えたの」「トモナリを理解できるのは私しかいない」「トモナリは傷だらけの私で興奮してくれた」「トモナリは私の死と引き換えに幸せになるの」「――そうすればトモナリは一生、私を忘れられない」

会話の中で彼女はトモナリが、トモナリが、と連呼し、その内容はだんだんと危うさを内包したものになっていった。はっきりと恐怖を覚えるほどに。

これを【純愛の罪】と表現したミルグラムの悪趣味さには舌を巻く。

ある意味ではとても純粋だ。純粋な愛だ。

純粋に――壊れてしまっている。

トモナリが殺人犯になっていないかを心配する一方で、マコは『正義同盟』によって間接的に人を殺し、監獄内では直接タツミを殺しているのだから。

話を終えたマコは取引に応じてくれるのか、と訊ねてきた。ボクは渋々といった仕草で頷いてみせた。マコは明るい表情になってボクに感謝していたが、実のところ、これはボクの中ではそもそも取引になっていなかった。

トモナリにも言ったが、ボクはミルグラムの看守だ。

罪の本から極端に逸脱した内容、つまり監獄内でのタツミ殺害について、ボクが裁くのは難しい。

罪の本の中で扱われているのは、マコが自殺したことについてのみ。

どんなに憎い相手でも『赦す』のか、それとも適当な理由をつけて『赦さない』のか、マコの審判はそういう問いを含んだものだ。

そしてボクは理由を捏造《ねつぞう》して『赦さない』ことを選択できない人間だった。

だから、最初からマコの罪に対する裁定は『赦す』しかなかった。その状況下で取引を検討する素振りを見せ、情報を全て聞き出したに過ぎない。

もちろんマコの裁定とは別で、ボクがタツミの件を赦すことは絶対にない。

マコのことは今でも憎かった。

マコは結果的にトモナリの審判を見守ることができたが、それはあくまで成り行きだ。

ボクの優しさなどでは決してない。

ただ、マコはボクに赦されなかった方が良かったんじゃないかと今では思う。

マコにとってはトモナリが改心していて、願い通りに真っ当な人間になっているのが理想だっただろう。しかし、現実はそう上手くいかない。あぶり出されたのは、あまりにも醜い連続殺人犯の姿だった。

「にしても、よくできてるね。これ」

マコは足元に倒れているリナとメイを靴の先でつついた。すると、どちらの身体もすっと透明になり、あっという間に消えてしまう。

「ああ。ジャッカに頼んで作り上げた幻だからな。ミルグラムがこの監獄にいる人間の脳に干渉できることは、タツミとお前が襲撃してきた時に判明した。その技術で全員が同じ幻を見せられていたんだ。トモナリに見破れるがずはない。本当にリナとメイを殺したと思い込んでいたはずだ」

本物のリナとメイはジャッカの誘導で安全な場所に避難させている。

今頃、二人きりで最後の時間を過ごしているはずだ。ボクが会いにいくことはもうないだろう。行っても邪魔なだけだろうから。

少し考えれば、ボクがリナとメイを危険に晒すような真似はしないとわかりそうなものだが、欲求に支配されたトモナリは気づかなかったようだ。

もちろん凶器も都合よく用意されているわけがない。

トモナリが持っていた肉切り包丁、マコの包丁、それとマコの血を偽装するための血液。その三点はボクがジャッカから支給品として受け取ったものだった。

ボクは正直、事前に聞いたマコの話だけでは、トモナリの審判にどういうスタンスで臨むべきか迷ってしまった。もしマコの心配が的中していてトモナリが殺人犯になっていたとして、その事実をミルグラムが扱うことはないと最初から予想していた。

ただの殺人犯はミルグラムの囚人としてふさわしくないからだ。

しかしそうやって大事な事柄を、何度も罪の本の範囲外に持ってこられるばかりでは腹が立つ。

どうにかしてボクの看守としての立場を超えて、囚人を裁く抜け道はないか。

そして気づいたのだ。

自分よりもはるかに自由に、そしてトモナリに関しては、きっと恐ろしく正確な裁定を下せる人間がすぐそばにいることに。

ボクはマコに聞いた。

もしもトモナリが醜い殺人鬼になっていたら、お前はミルグラムの代わりに彼を殺せるか、と。

マコは頷いた。

ミルグラムに粛清されるくらいなら、私が自分で決着をつける、と。

だからボクはトモナリを『赦す』、『赦さない』の判断をマコに任せることにしたのだった。

トモナリの本性を確実に見極められるよう、マコの血を偽装し、凶器を用意し、殺されても問題ないリナとメイの幻を用意するところまでがボクの仕事だった。

そうしてマコはきちんと自分の手で決着をつけてみせた。

こういう終わり方だって、たまにはあっていいはずだ。

……きっと、ミルグラムはこんな選択をした看守のことを許さないだろうけれど。


トモナリの死亡によって全ての審判が終了した。

意外なほどあっけなく、マコは光となって消えてしまった。リナとメイも、きっともうこの監獄を去っただろう。

「ありがとう、エス」というのがマコの最後の言葉だった。ボクはそれに何も答えなかった。マコはボクに感謝しているのかもしれないが、ボクにとっての彼女は憎むべき相手のままだった。最後のトモナリについても、あくまで利害が一致しただけで、友好的な関係を築いたつもりはない。

そのことを十分理解していたのか、マコは静かに目を閉じて光へと変わった。ボクは複雑な思いを胸に、マコの光が霧散して消えるその瞬間までじっと眺めていた。

「看守が裁かない結末があるなんて、思いもしませんでしたよ」

ボクは円卓の椅子に座って、天板の上に乗ったジャッカと向き合っていた。

「ボクはミルグラムの看守だが、ミルグラムに隷属しているつもりはない。今回はこれが最適だった」

「はぁ、そうですか」

ジャッカはめんどくさそうな態度を取っているが、それが彼の本当の姿でないことはもうわかっていた。

凶器ばかりの支給品申請を通し、マコがトモナリを殺すことも止めなかった。

監獄の管理者の行動としてはおかしなことばかりだ。

どちらも本気で制止しようと思えば、簡単にできたはずだ。

しかし、彼はただ傍観を続けていた。

「ジャッカ、お前――」

ボクは思ったことをそのままぶつけた。

「――本当は誰よりもミルグラムが嫌いなんじゃないか？」

「………………」

ジャッカは何も答えなかった。

しかし、彼の瞳には強くて暗い反抗心のようなものが宿っているように見えた。

しばらくしてジャッカは一つの問いを口にした。

「……エスは自分の家族がミルグラムの囚人にされて、適当で何も考えていない看守に『赦さない』と判断され、粛清を受けさせられたらどう思います?」

このタイミングでその問いが提示された意味を考えてボクは背筋が凍りつく。

思わず、まじまじとジャッカを見つめた。

「どう思います?」

ジャッカはもう一度、質問を繰り返す。

ボクは答えた。

「絶対に許さない」

すると、ジャッカはふっと鼻で笑った。

「奇遇です。自分も同じ答えっすよ」

もしボクが考えていることが当たっていたら、ジャッカロープとはいったいどういう存在なのだろうか。しかしそれを質問しても、答えは絶対に返ってこないだろう。

「それでこれからどうなる? ボクの選択はミルグラムが望んだものじゃなかったはずだ。ボクは粛清されるのか? それでも構わないが」

「自分の上司に気づかれたら、かなりひどい目に遭わされるでしょうね。でも、統知に不都合な情報は全て自分が止めてるっすよ。そう長くはもたないでしょうけど」

ジャッカはボクのことをエスではなく統知と呼んだ。その意味を考える間もなく、ジャッカは話を続ける。

「囚人に裁定を任せるなんて、不祥事どころの騒ぎじゃないっす。統知はもちろん、自分も確実に処分されると思いますよ。監督責任ってやつっすね」

「それがわかっていて、ボクの行動を許したのか？」

「はい。——だって、統知にミルグラムのやり方をぶっ壊してもらうのが、自分の願いでしたから」

ここにきて、ようやくジャッカは本音を口にした。

ボクの予想が正しければ、ジャッカはミルグラムに対して憎悪に近い感情を抱いているはずだ。

一矢報いるためにボクは利用されたのだろう。

だがそこまで悪い気はしない。ボクは看守としてやりたいことを自由にできた。

そしてこの結果に辿り着いた。

……もう十分だ。

「それじゃ二人まとめて、おとなしく処分されるとするか」

「は？　何言ってるんすか？」

　ジャッカは驚いた様子で目を丸くする。

　変なことを言ったつもりはない。ボクができることは全て終わった。

　あとは処分されるのを待つだけだ。

「これからっすよ、本当の反逆は」

　ボクの心を見透かしたように、ジャッカは真剣な表情で言った。

「自分はずっと優秀な協力者を探してました。それもミルグラムの実情に詳しい人間を。

　そしてようやく見つけた。それがあんたっす。統知」

　ジャッカは円卓の天板から飛び降りると、看守室へと繋がる扉の前まで歩いていく。

　そしてこちらを振り返った。

「強制はしません。でもここで死ぬくらいなら、一緒に行かないっすか？　――外の世界へ」

　ボクは目を見開く。

　外の世界。その言葉はボクの興味を強く引いた。

「この監獄に出口が存在したのか？」

「そりゃありますよ。出口がなきゃ、色々と不便じゃないすか」

　パノプティコンの扉を開けて、ジャッカは通路をどんどん進んでいく。ボクはその後を追った。

「自分は統知をこの監獄から逃がそうと思ってます。でも一つだけ条件があるっす」

「お前の協力者になれというんだろう？」

「正解。ミルグラムと戦うにも内部からじゃ限界があります。これからは外から戦うつもりです。そのために統知のような協力者が必要だったんすよ」

ボクとジャッカが辿り着いたのは、看守室のさらに先。

何もない行き止まりだった。ボクたちは並んでその場に立ち尽くす。

「それで答えは？」

ジャッカが訊ねてくる。

まだボクにできることがあるなら。

まだボクを必要とする存在がいるのなら。

「——協力する」

ボクの答えと同時、行き止まりの壁が重い音を立てて、シャッターのように上がっていった。

囚人たちがどれだけ頑張って調べても、この場所が出口になっているとは気づけないだろう。それほどまでに偽装は完璧だった。

ボクは出口の向こうに広がっている景色を見て、大きくため息をつく。

ジャッカが少し楽しそうに聞いてきた。

「どうです、外の世界の光景は？」

どうせこんなことだろうとは思っていたけれど。

「馬鹿げてる」

そう言い残して、ボクとジャッカは外の世界へと踏み出した。

＜初出＞

本書は書き下ろしです。

この物語はフィクションです。実在の人物・団体等とは一切関係ありません。

メディアワークス文庫

MILGRAM《ミルグラム》2
正当《せいとう》な善《ぜん》なる殺人《さつじん》

波摘《なみつみ》
原案：DECO*27《デコニーナ》／山中拓也《やまなかたくや》

2023年7月25日　初版発行

発行者　山下直久
発行　株式会社KADOKAWA
〒102-8177　東京都千代田区富士見2-13-3
0570-002-301（ナビダイヤル）
装丁者　渡辺宏一（有限会社ニイナナニイゴオ）
印刷　株式会社暁印刷
製本　株式会社暁印刷

●お問い合わせ
https://www.kadokawa.co.jp/（「お問い合わせ」へお進みください）
※内容によっては、お答えできない場合があります。
※サポートは日本国内のみとさせていただきます。
※Japanese text only

※定価はカバーに表示してあります。

Printed in Japan
ISBN978-4-04-914942-5 C0193

メディアワークス文庫　https://mwbunko.com/

本書に対するご意見、ご感想をお寄せください。

あて先
〒102-8177　東京都千代田区富士見2-13-3
メディアワークス文庫編集部
「波摘先生」係

MILGRAM 実験監獄と看守の少女

波摘　原案：DECO*27／山中拓也

現代の「罪と罰」が暴かれる圧倒的衝撃の問題作！　あなたの倫理観を試す物語。

ようこそ。ここは実験監獄。あなたの倫理観を試す物語

五人の「ヒトゴロシ」の囚人たち、その有罪／無罪を決める謎の監獄「ミルグラム」。彼らが犯した「罪」を探るのは、過去の記憶を一切失った看守の少女エス。

次第に明らかになる「ヒトゴロシ」たちの過去と、彼らに下される残酷なまでの「罰」。そして「ミルグラム」誕生にまつわる真相が暴かれた時、予測不能な驚愕の結末になだれ込む——。

すべてを知ったあなたは赦せるかな?

DECO*27×山中拓也による楽曲プロジェクト「ミルグラム」から生まれた衝撃作。